和算入門
江戸の算数ものがたり

松本匡代
matsumoto masayo

SUNRISE

和算入門《わさんにゅうもん》

江戸の算数ものがたり

松本匡代

亡兄《ぼうけい》の愛した五人の孫、
はるちゃん、ゆずちゃん、りおくん、るかちゃん、あっちゃん、
そして新しい命たちへ、心を込《こ》めて、この本を贈《おく》ります。

大叔母《おおおば》　まあちゃんより

目次

登場人物

山口公明《やまぐちきみあき》……市谷《いちがや》・御納戸町《おなんどまち》の支配勘定《しはいかんじょう》見習い。十七歳《さい》。
お光《みつ》……寺子屋で読み書きを教える浪人者の娘《むすめ》。十八歳。
塚本忠吉《つかもとただよし》……南町奉行所定町廻《みなみまちぶぎょうしょじょうまちまわ》り同心《どうしん》。十九歳。
内藤宗助《ないとうそうすけ》……山口公明の道場仲間。徒目付《かちめつけ》の家の次男。十七歳。
塚本忠道《つかもとただみち》……塚本忠吉の父で、咲《さき》の兄。元南町奉行所定町廻り同心。
幸兵衛《こうべえ》……日本橋呉服町《にほんばしごふくちょう》の呉服屋・伊勢屋《いせや》の主人。
咲《さき》……幸兵衛の妻。忠道の妹で塚本忠吉の叔母《おば》。
清太郎《せいたろう》……幸兵衛と咲の長男。二十歳。
おきみ……幸兵衛と咲の長女。十八歳。田宮弥太郎と恋仲。
幸次郎《こうじろう》……幸兵衛と咲の次男。十六歳。独自のこだわりを持つ。
田宮弥太郎《たみややたろう》……塚本忠吉の仕事仲間。十九歳。おきみと恋仲。
田宮弥平《たみややへい》……田宮弥太郎の父。南町奉行所定町廻り同心。
五郎太《ごろうた》……上方《かみがた》で盗人《ぬすっと》をしていた親分の五番弟子《でし》だったが……
お信《のぶ》……庄屋《しょうや》・弥三郎《やさぶろう》の娘《むすめ》。生糸問屋《きいとどんや》の惣太郎《そうたろう》と恋仲《こいなか》。
山口祐助《ゆうすけ》……山口公明の父。子供たちの将来を心配している。
山口マス……山口公明の母。茶目っ気たっぷりに夫に接する。
山口　勝《かつ》……山口公明の妹。名のとおり気が強い。十五歳。
山口　一《はじめ》……山口公明の弟。算術が苦手だが……。十三歳。
相田卯三郎《あいだうさぶろう》……山口公明らが通う剣術《けんじゅつ》道場の住み込み師範《しはん》。

第一章

支配勘定見習《しはいかんじょうみならい》い山口公明《やまぐちきみあき》の一日

昨日《きのう》から降りつづいた雨は、いつの間にか止《や》んだようだ。たっぷりと雨を吸って生き生きとした紫陽花《あじさい》の葉の上を蝸牛《かたつむり》がゆっくりと這《は》っている。ふと目を上に移すと、雲間から覗《のぞ》いた日の光で、軒《のき》の露《つゆ》がきらりと光った。

江戸《えど》は市谷《いちがや》・御納戸町《おなんどまち》、支配勘定《しはいかんじょう》役・山口祐助《やまぐちゆうすけ》の拝領屋敷《はいりょうやしき》。庭に面した一室で、机の前に座り、ぼんやりと庭を眺《なが》めていたこの家の嫡男《ちゃくなん》・公明《きみあき》は、両手で頬杖《ほおづえ》をついたまま深い溜息《ためいき》をついた。

公明は今年の正月から支配勘定見習いとして出仕して、はや五月《いつつき》。今はお役目にも慣れ、仕事の覚えが早いと上役《うわやく》にも気に入られている。八代吉宗《よしむね》公お定めの足高《たしだか》制《せい》の恩恵《おんけい》を一番に受ける勘定所だ。実力次第、努力次第で天井《てんじょう》知らずの出世ができる。今の御奉行《おぶぎょう》・川路《かわじ》様は、支配勘定より下の臨時出役《りんじでやく》からの叩《たた》き上げだ。公明も、将来は平《ひら》勘定、勘定組頭《くみがしら》も飛び越えて、勘定吟味役《ぎんみやく》まで出世するかもしれないと、だから励《はげ》めと言ってくれる上役もいる。公明もそう言われれば満更《まんざら》でもないが、かといって素直には喜べない訳がある。

勘定所の役人といえども、腰《こし》に大小二本の刀を差す武士なのだ。おそらく生涯《しょうがい》抜《ぬ》くことはないだろうが、一応の剣術《けんじゅつ》の心得は要る。勘定所の役人の家に生まれた男子もやはり、他の旗本や御家人《ごけにん》の子弟《してい》と同じように、十歳《さい》を超《こ》えた頃《ころ》から剣術の道場に通い始める。

公明も十二歳の春から近所の道場に通っていた。今年十七歳だから五年通ったことになる。が、お世辞にも筋がいいとはいえないようだ。真面目《まじめ》に稽古《けいこ》に通い、素振りなど言われたことを手抜きなどせず愚直に繰り返す公明だ。師範《しはん》たちは良いところを探して褒《ほ》めてやろうと思うのだろう。だが褒めるところに困るらしい。

「算術はすごいらしいな」

全く何の脈絡もなくそんなことを言われたり、別段落ち込《こ》んでもいない時に、

「今は剣だけが武士の生きる術《すべ》ではない」

と、唐突《とうとつ》に慰《なぐさ》められたりすることがある。

お役目柄《がら》、算術には自信はある。算術書の遺題を解いて近所の神社に算額《さんがく》を奉納《ほうのう》したことがあるほどだ。それに、勘定所の役人の家に生まれ育った公明だ。武士の生きる術が剣だけではないことは、誰に言われなくても、重々承知してはいる。だが、

(今、言うか?)

そんな時公明は、師範たちから課せられた簡単な要求にも、自分が応《こた》えることが

できていないのだと悟《さと》るのだった。

（自分は剣術には向いていない）

早く、そう見切りをつければ良さそうなものなのだが、支配勘定見習いとして出仕が叶《かな》った今でも、非番の日には道場へ行く。

なぜか。

そう聞かれると、真面目で晩生《おくて》の公明は頬を赤らめてドギマギと、

「武士の本技《ほんぎ》は剣ですから」

全く説得力のない答えを発する。

そしてそれを聞いた何人かは、
ははは～ん
と思い当たるのだ。

公明の通う道場の近くにある小さな寺で、一人の初老の浪人者《ろうにんもの》が近所の子供を集めて読み書きを教えている。その浪人者は娘《むすめ》と二人暮らし。その娘が、父親を訪ねてときどき寺にやってくる。名はお光《みつ》、歳は十八、明るくて、気立ては良いし器量もなかなかのものだ。錦絵《にしきえ》になり美人番付に名を載《の》せる茶屋の娘たちよりも、お光

の方がよほど愛らしいと、公明は思う。

道場への行き帰り、仲間たちに混じって、お光と言葉を交わすことに、心をときめかせている公明なのだ。

いや、お光と言葉を交わすとは正確ではない。晩生の公明のことだ。仲間とお光との会話を隣《となり》で聞いているだけ。でも、それで良かった。お光の笑顔を見、笑い声を聞くだけで公明は、楽しい気持ちになってくる。道場での師範たちの悪気のない優しさに満ちた残酷《ざんこく》な慰めに心ふさぐ時など、お光の明るい声は、公明に元気を与《あた》えてくれた。だから公明は、非番の日、せっせと道場に通っているのだ。

が、いつも五、六人で現れる若侍《わかざむらい》の中、お光に公明のことが見えているか。それは甚《はなは》だ疑わしい。

たぶん顔は覚えていてくれていると思う。が、その他大勢の中の一人。それがやっとだ。そのことは公明も哀《かな》しいほどに自覚していた。

いつも楽しそうに話すのは、道場で若手一の使い手の南町《みなみまち》奉行所定町廻《じょうまちまわ》り同心・塚本忠吉《つかもとただよし》、十九歳だ。お光も、塚本のことをうっとりと見つめている時がある。

（若い娘は、腕《うで》の立つ強い男がいいに決まっている）

切なく哀しいことではあるが、事実なのだ。認めないわけにはいかなかった。

だから昨日《きのう》、お光に呼び止められて、真《ま》っ直《す》ぐに見つめられ、

「山口様、お願いがあるのですが」

と言われた時にはもう、天にも昇《のぼ》る心地だった。

だが、そのお願いの中身を聞いて、すとんと現実に戻《もど》された。

その願いとは、公明が算術が得意だと知って、寺子屋の子供たちのために、算術の入門書を作ってほしいというものだった。

(まあ所詮《しょせん》、私に頼《たの》むことといえば、そんなことぐらいか)

わかっていたのだ。わかっていたけど……。

一瞬《いっしゅん》でも喜んだ自分が哀《あわ》れで悲しかった。

そして今日になっても、気持ちは晴れず、何だか気だるい。

（一）　入れ子算

公明《きみあき》は、もやもやとしたまま、外に出た。

埃《ほこり》が雨で洗われて、通りの見通しがよくなっている。空はすきっと晴れて、乾《かわ》いた風が気持ちよく頰《ほお》を撫《な》でていった。

そんな陽気の中を当てもなくぶらぶらと歩くうち、少し気分が良くなってきた。状況《じょうきょう》は何も変わっていない。

（私はなんと単純な奴《やつ》なんだろう）

自分ながらに呆《あき》れる思いで公明は、すれ違《ちが》う顔見知りと挨拶《あいさつ》を交わしながら、だんだん足取りも軽く、ところどころに出来た水溜《みずたま》りを避《さ》けながらぶらぶらと歩いて行った。


気がつくと武家地から外れて、裏長屋《うらながや》の前に出ていた。行商人《ぎょうしょうにん》の多く住まいする長屋らしい。季節柄《がら》、桶《おけ》に泳ぐ金魚や鉢植《はちう》えの朝顔を天秤棒《てんびんぼう》で担《かつ》ぎ、いざ出陣《しゅつじん》とばかりに男たちが出て行く。そんな光景を見送っていた公明に、なにやら言い争う声が聞こえてきた。我ながら物好きだとは思いつつ、何だろうと長屋の門を入っていくと、たくさんの風鈴《ふうりん》を飾《かざ》った屋台の前で、四十《しじゅう》がらみの男と十六、七の若者、親子と思《おぼ》しき二人が、言い合っていた。

「だからお前は半人前だってんだ。仕入れ値がわからねえんじゃ、値段のつけようがねえじゃねえか」

「仕入れ値は、わかってらあ。全部で八百文《もん》だ」

「大きさが五色《ごしき》あるんだぜ。それを全部でって……」

「問屋《とんや》のおやじさんは、大きい順に二文ずつ差ぁつけて売ればいいって言ってたよ」

「じゃあお前値段つけてみろよ」

「おいら、わからねえや。お父《と》っつぁんつけてくんな」

「そんなもん、お父っつぁんにだって、わかるわけねえ」

二人は担ぎの風鈴屋の親子のようだ。どうも息子《むすこ》が五種類の大きさの違う風鈴を、それぞれの仕入れ値を聞かず仕入れてきたらしい。問屋のおやじは大きい順に

二文ずつ差をつけて売ればいいと言っていたという。でも、この親子、それだけでは売値《うりね》がつけられず、困った挙句《あげく》、

「この半人前がぁ……」

父親が息子をどなりつけたというわけだ。

(そんなことで大の男が真剣《しんけん》に言い合うなよ)

公明は呆《あき》れ顔で、親子のそばに歩み寄った。

おりしも熱くなった父親が、息子に殴《なぐ》りかかろうとしたところ。

「ちょっと待った。そんなことで息子を殴るなんて、良くないことだよ、おじさん」

公明がくだけた調子で声を掛《か》けた。

父親は、

(余計なことを。どこの小僧《こぞう》だ)

と言うように振《ふ》り向いたが、相手が武士だとわかると、やりにくそうに間《ま》を取った。が、それでも、

「どこの若旦那《わかだんな》か知りませんが、身内の事だ。放《ほ》っぽっといてもらいましょう」

と言い放った。

「そんな……風鈴の売値がわかればいい話なんだろう。簡単なことだと思うけどな」

　事も無げに言う公明に、

「え、若旦那、わかるんで」

　父親が身を乗り出した。

「うん、そこで聞いてたんだけど、仕入れ値は全部で八百文だったね。儲《もう》けはどうするんだい」

「二割と決めております」

「あ、そう、じゃあ売値は全部で九百六十文か。風鈴は大きさが五色あるんだったね、それがいくつずつあるの」

　そろばんも使わず即座に売値を出した公明に、父親は任せられると思ったらしい。

「八つずつ四十あります」

　素直に答える態度を見せた。

1　入れ子算

800文《もん》で仕入れた　儲《もう》けは２割

売値の合計 = 800 × (1 + 0.2) = **960文**

大きさが５種　８つずつ40個

５種１組の売値 = 960 ÷ 8 = **120文**

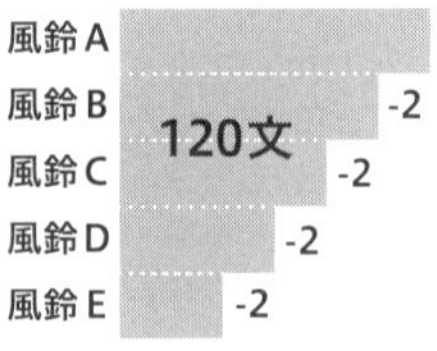

「八つずつね。それが九百六十文だから、五色一組の売値は百二十文になるね」

風鈴屋の親子は大きく頷《うなず》いた。だが、本当にわかっているのか甚《はなは》だ怪《あや》しい。

（でもまあ、後でゆっくり納得するだろう）

そう思い、公明は先を続けた。

「いいかい、ここからが肝心《かんじん》だ」

そう言うと、公明は、辺りを探し落ちていた木の枝を拾って、五段の階段の絵を書いた。そして、

「二番目の大きさの風鈴は、一番大きい風鈴よりも二文安い。三番目の大きさの風鈴は、二番目の大きさの風鈴よりも二文安いから、一番大きい風鈴よりも四文安い。四番目の大きさの風鈴は、三番目の大きさの風鈴よりも二文安いから、一番大きい風鈴よりも六文安い。一番小さい風鈴は、四番目の大きさの風鈴より二文安いから、一番大きい風鈴よりも八

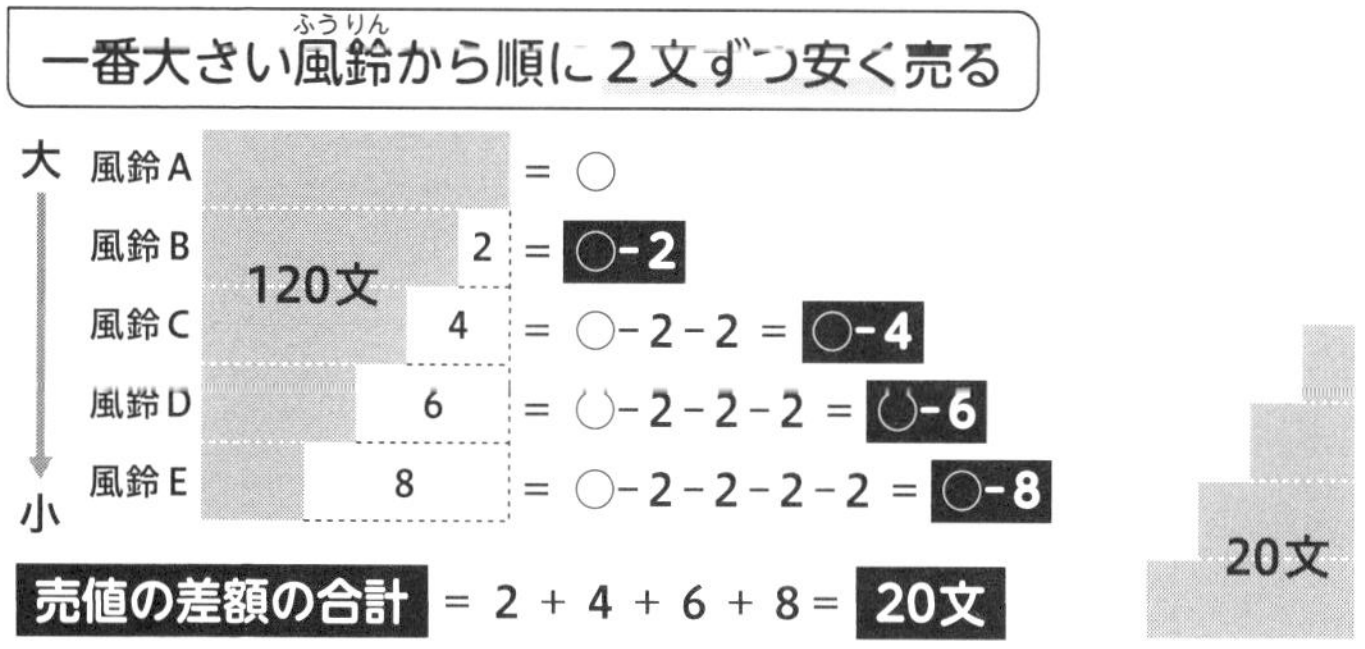

文安い。つまり、売値の差額は合計で二十文になる」

言いながら、絵に数字を加える。

ここで一息おいて、相手の反応を見るに、二人とも何とか理解できているようだ。

（よし、いいぞ）

公明は大きく息を吸い込《こ》んで、

「仮に全部一番大きい風鈴の値段で五つ売るとすると、百二十文に二十文を足して百四十文になるから、一つだと百四十を五で割って二十八。一番大きい風鈴は二十八文だ。だから風鈴の売値は、大きい順に、二十八文、二十六文、二十四文、二十二文、二十文になるんだ」

一気に言って、親子の様子をうかがった。

息子の方はほとんど尊敬の眼差《まなざ》しで公明を見ているし、父親の方は、

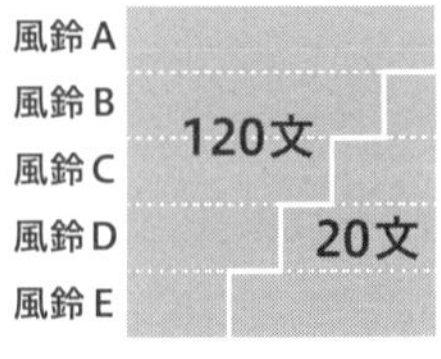

5種一組をすべてAの価格で売った場合の合計

= 120 + 20 = **140文**

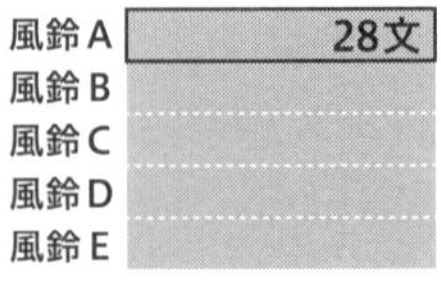

風鈴Aの売値

風鈴A = 140 ÷ 5 = **28文**

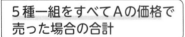

「へえ、あんたすごいねえ、この倅《せがれ》といくつも変わんねえのに」

と感心しきりだ。

公明は、悪い気はしないものの、なにか面映《おもはゆ》く、わざと急いでいるふうにその場を離《はな》れた。

それぞれの風鈴の売値

風鈴B	28 － 2 ＝	26文
風鈴C	26 － 2 ＝	24文
風鈴D	24 － 2 ＝	22文
風鈴E	22 － 2 ＝	20文

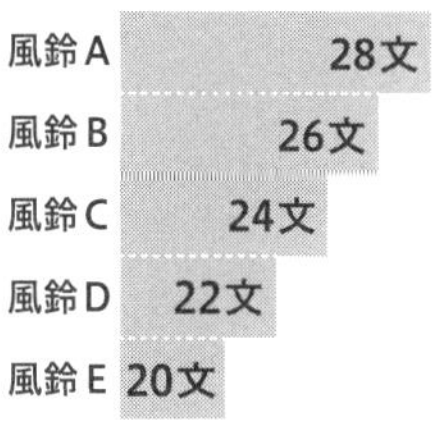

（二）　油分け算

（少しは人の役に立てた）

公明《きみあき》はうれしかった。が、一方では、

（あれぐらい、少し算術の心得があれば、誰《だれ》でもできることじゃないか。それが証《しょう》拠《こ》に私はあの手の問題は七つか八つの時に解いていた。あれぐらい、大したことじゃない）

と、またまた気持ちが沈《しず》んでくる。公明の当てのない散歩は、まだまだ続きそうだ。

そんな公明の耳に、

「キャー、離《はな》してぇ」

若い娘《むすめ》の悲鳴が聞こえた。

公明が声の方へ目をやると、居酒屋《いざかや》の前で、まだ肩上《かたあ》げも取れていない少女が、午前《ひるまえ》からもう酔っているのか足下《あしもと》の覚束《おぼつか》ない浪人者《ろうにんもの》に絡《から》まれていた。浪人者はニヤニヤと卑猥《ひわい》な言葉を吐《は》きながら、少女の身体《からだ》を触《さわ》っている。

（けしからん）

公明は、自分の剣《けん》の腕前《うでまえ》も忘れて飛び出した。いや、相手は酔《よ》っ払《ぱら》いだ。

（自分の腕でも何とかなる）

そういう思いも少しはあった。しかし公明の剣の腕前は、自覚している以上に酷《ひど》いものらしい。自分では何をどうしたかわからないうちに、抜《ぬ》いた刀を叩《はた》き落とされ、おそらく投げ飛ばされたのだろう、

（あっ）

と思ったその時には、向かいの油屋の前に仰向《あおむ》けに転がっていた。

浪人者が公明めがけて斬《き》りかかる。公明は手元にあった一合枡《いちごうます》を浪人者めがけて投げた。

バサッ、
一合枡が真《ま》っ二《ぷた》つに斬られて落ちた。

続いて公明は、二合枡を投げた。

バサッ。

三合枡、

バサッ。

公明の手の届くところに何もなくなった。

公明に、浪人者の刀が迫《せま》る。

（ああ、もうだめだ）

思わず目をつむった。

が、どうも斬《き》られた気がしない。おそるおそる目を開けると、浪人者が若い武士と対峙《たいじ》している。黄《き》八丈《はちじょう》に巻き羽織《ばおり》、町方《まちかた》の同心《どうしん》だ。腕前の差か、浪人者はじりじりと後退した。

よく見ると、その若い役人は、公明が通っている道場で、若手一の腕前の塚本忠《つかもとただ》吉《よし》ではないか。南町奉行所定町廻り同心《みなみまちぶぎょうしょじょうまちまわり》、お役目の見廻りの途中だろうか。難なく浪人者を打ち据《す》えて、家まで送って行くのだろう、少女を連れて立ち去った。公明に気付いていないはずはないだろうに、武士の情けというのだろうか。声も掛《か》けずに行ってしまった。

野次馬が見ている中、その塚本の優しさが、公明には余計に辛《つら》かった。

（やはり、私は役に立たない）

落ち込《こ》み、立ち去ろうとする公明の後ろから、油屋の主人と客の会話が聞こえてきた。

「困りましたねえ。七合枡と五合枡しか残ってないんですよ」

「そんな、五合では足りないし、七合買うだけのお金を持ってないんです」

「一合おまけしますよ」

「日頃《ひごろ》、父から貧乏《びんぼう》してはいるが施《ほどこ》しは受けるなってきつく言われていますから」

「困りましたねえ」


(あ、一合枡も二合枡も三合枡も、私が浪人者に投げて斬られたんだ)

そう思うと、その場の皆《みな》が、自分を見ているような気がした。

身の程知らずに斬り込んで、あっさりやられて、枡まで壊《こわ》した。何とかしろよ。

そんな皆の視線が痛い。

(はいはい、わかりました。枡を壊したのは私です。何とかすればいいんでしょ)

公明は、油屋の主人と客に歩み寄った。

「枡を貸してください」

公明はそう言って、五合枡と七合枡を油屋の主人から受け取った。

野次馬の残りが、何が始まるのだろうと眺《なが》める中、まず、七合枡にいっぱい油を汲んだ。そしてその油を五合枡に移す。

「七合枡には二合残ります」

そう言って、五合枡を空《から》にして、その二合の油を五合枡に移した。そしてまた、七合枡にいっぱい油を汲《く》んで、

「二合入った五合枡にいっぱいになるように七合枡から移すと、三合入るから、七合枡には四合残る。わかりますか」

公明は油屋の主人の反応を見た。どうやら理解できているらしい。

公明の周りに、人が集まりだした。

また五合の枡を空にして、その四合を五合枡に入れてから、

「もう一度。七合枡にいっぱい入れて」

そこまで言った時、油屋の主人が、

「あっ」

と小さく叫《さけ》んで、顔を輝《かがや》かせた。

「そう、もうわかったでしょう。四合入った五合枡がいっぱいになるように、七合枡から油を移すと、七合枡に六合の油が残ります」

2　油分け算

❶７合枡《ます》をいっぱいにする

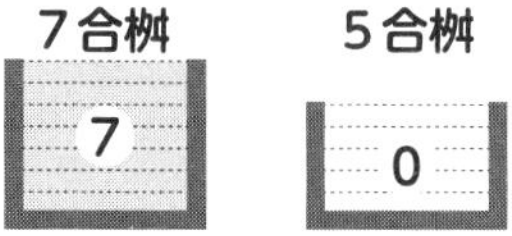

❷５合枡いっぱいに７合枡から移すと２合残る

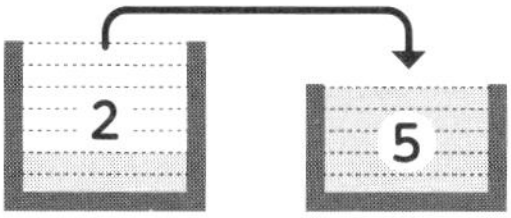

❸５合枡を空にする

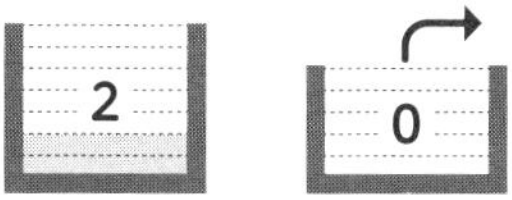

❹７合枡の２合を５合枡に移す

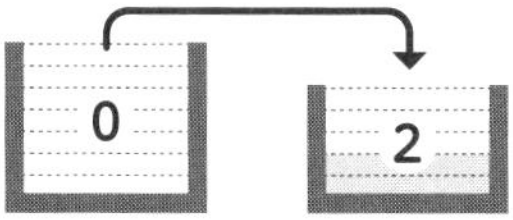

❺７合枡をいっぱいにする

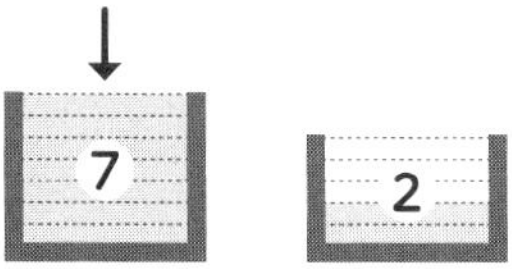

❻５合枡いっぱいに７合枡から移すと４合残る

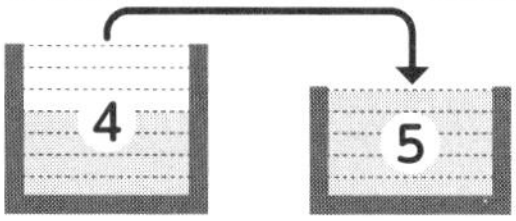

❼５合枡を空にする

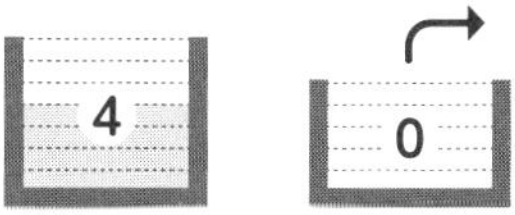

❽７合枡の４合を５合枡に移す

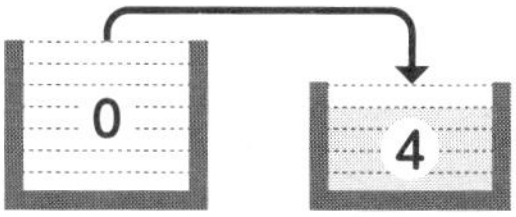

❾７合枡をいっぱいにする

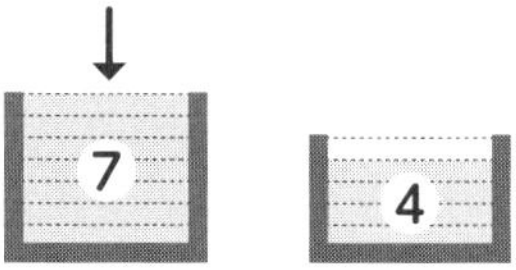

❿５合枡いっぱいに７合枡から移すと６合残る

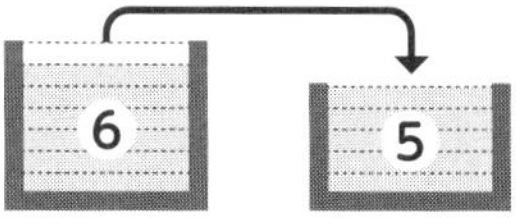

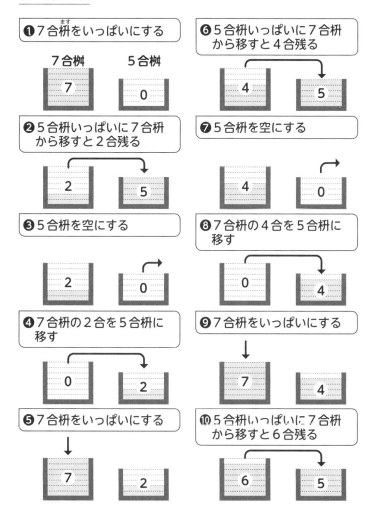

ふぅー。
集まった人たちの中から溜息《ためいき》が漏《も》れた。
今までの自分を見る皆の視線、
身の程知らずに飛び出して簡単にやられた恰好《かっこう》悪い奴《やつ》。
というものとは明らかに違《ちが》う。
公明はすっと背筋を伸《の》ばしかけた。しかし、
「すごい！　侍《さむらい》にしておくのはもったいねえ」
油屋のおやじの何の悪気もない感嘆《かんたん》の声だ。
それを聞いて、公明は、奈落《ならく》の底に突《つ》き落とされた。
（このまま消えてなくなりたい）
逃《に》げるようにその場を去った。

（三）　さっさだて（鶴亀算《つるかめ》）

梅雨《つゆ》だというのにいい天気だ。青い空に真っ白い雲が一つだけ浮《う》かんでいる。しかし、今の公明《きみあき》には、清々《すがすが》しい陽気さえも、何か無性《むしょう》に腹立たしい。その腹立たしさに後押《あとお》しされるように、公明は早足でひたすら歩いた。

辺りが賑《にぎ》やかになってきた。知らないうちに湯島天神《ゆしまてんじん》まで来たようだ。

それにしても人が多い。

（そうか、今日は二十五日か）

天満宮《てんまんぐう》の縁日《えんにち》だ。境内《けいだい》にいろいろな店が出て、行き交《か》う人の興味を引く。南京玉《なんきんたま》簾《すだれ》やがまの油売りなどの大道芸人《だいどうげいにん》も自慢《じまん》の腕《うで》で観衆を楽しませていた。

中に大声で呼ばわる壮年《そうねん》の男がいた。その男、武家髷《ぶけまげ》に渋好《しぶごの》みの着流《きなが》しで腰《こし》に一本短めの刀を差している。元は武士なのだろうか。

「ここに三十個の碁石《ごいし》と二枚の皿がある。私は目隠《めかく》しするので、『さあ』という掛《か》け声とともに右の皿になら二個、左の皿になら一個ずつ碁石を入れていってもらいたい。全部入れ終えた後で私が左右の皿に何個ずつ碁石が入っているか当てて進ぜよう」

　さっさだての大道芸だ。

　二重三重に取り囲んだ見物人の中から、

「俺《おれ》、やってみる」

　遊び人風《ふう》の男が出て来て挑戦《ちょうせん》。

「さあ」と掛け声を掛けながら、左右の皿に碁石を入れていく。聞いていると「さあ」の数は十八回。

「右の皿に二十四個、左の皿に六個」

　さっさだての男が言う。

　そして大仰《おおぎょう》に皿の中の碁石を数えた。

　ワァー。

　言ったとおりの結果に観衆が湧《わ》いた。

3　さっさだて（鶴亀算《つるかめ》）

碁石《ごいし》30個　さあ18回　左へ１個ずつ　右へ２個ずつ

例えば「さあ」５回目の時は次の６パターンがある

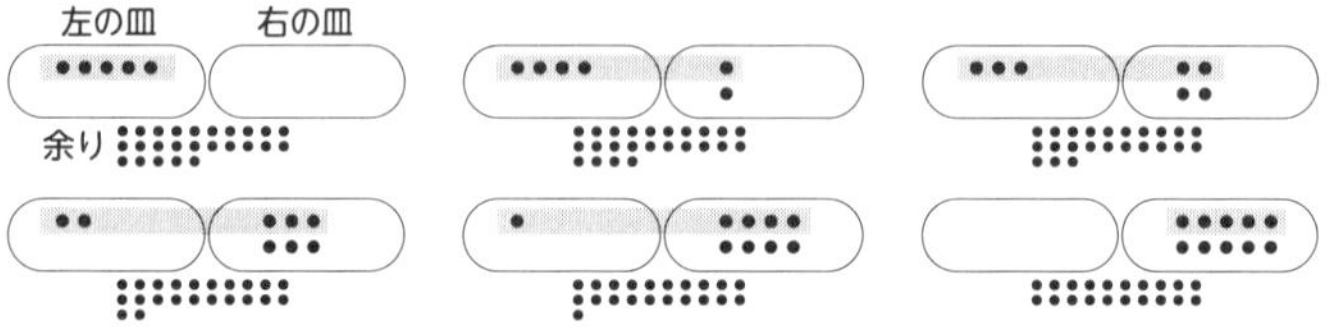

いずれの場合も、図で皿の中の上段の石の数＝５個
＝「さあ」の回数　と同じ

複数のお捻《ひね》りも宙を飛ぶ。

　油屋の一件で虫の居所が悪い公明は、

「そんなの、当たり前のことじゃないか」

　ボソッと小声でつぶやいた。

　それが、かの大道芸人に聞こえたようだ。

「大きなことを言うじゃないか。そんなことを言うならお前さん、やってみねえな」

　と絡《から》まれて、よせばいいのに、

「いいよ。同じ数じゃあおもしろくない。かといって端数《はすう》が残らないように考えながらやるのも面倒《めんどう》くさい。一つと三つでやってみようか」


ということは、「さあ」18回で30個の碁石をすべて入れ終わると上段の石の数は18個になる。

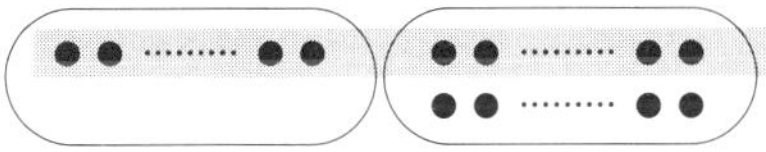

下段の石の数は　30 − 18 = **12個**

1回で右の皿に入れる個数は左より1個多いので

右の皿に入れる回数は　12 ÷（2 − 1）= **12回**

右の皿の石の数は　2 × 12 = **24個**

左の皿の石の数は　30 − 24 = **6個**

と、やることになった。碁石を皿に分け入れるのは、大道芸人本人だ。彼《かれ》はその前に、しっかりと公明の目隠しをすることも忘れなかった。

　三十個の碁石が全部左右の皿に入れられた。

「さあ」の数は十六回。簡単だ。

「右の皿に二十一個、左の皿に九個」

　それだけ言って公明は、目隠しを取りさっさとその場を立ち去った。少し間《ま》を置いて観衆の歓声《かんせい》が起こった。

「お待ちくだされ」

碁石《ごいし》30個　さあ16回　左へ１個ずつ　右へ３個ずつ

「さあ」16回で30個の碁石をすべて入れ終わると、
上段の石の数は16個になる。

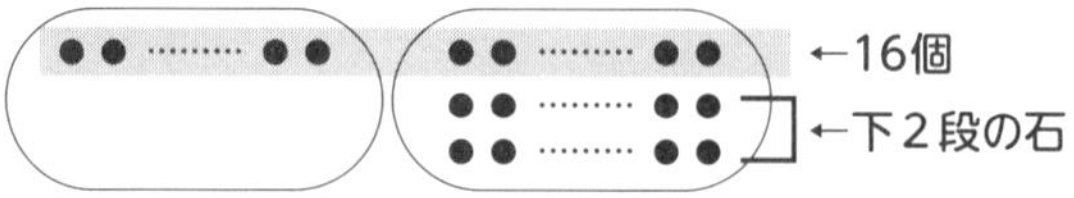

下２段の石の数は　30 − 16 = **14個**

１回で右の皿に入れる個数は左より２個多いので

右の皿に入れる回数は　14 ÷（3 − 1）= **7回**

右の皿の石の数は　3 × 7 = **21個**

左の皿の石の数は　30 − 21 = **9個**

公明が振《ふ》り返ると、さっきの大道芸人だ。うって変わった丁寧《ていねい》な物言いに何だと思って訊《き》いてみると、種明かしをしてほしいという。

種明かしって……

（それで飯を食っているんだろう。それくらい自分で考えろよ）

と言いたかったが、相手の顔が真剣《しんけん》だった。公明は溜息《ためいき》をついて話し始めた。

「『さあ』の数が十六回だった。全部一個だとすると十六個で十四個足りない。二個と一個の時は、これが右の皿へ入れた回数だった。でもね、私がやったのは三個と一個。差が二個あるから二で割らないといけない。わかるよね。すると右の皿に入れた回数は七回で個数は二十一個、左の皿には残りの九個が載っているってわけだ。わかったかい」

大道芸人に尊敬の眼差《まなざ》しで見つめられる公明だが、あまり、というか、全くうれしくはなかった。

（四）　譲《ゆず》り算

（なんか外に出てから、計算ばかりしているな。もっと縁日《えんにち》を楽しもう。でも、さっきのさっさ立て、あの程度で商売になるんだな。万が一お役目をしくじっても食べるには困らないぞ、これは）

などと、埒《らち》もないことを考えながら昼飯に屋台の蕎麦《そば》を食べていた公明《きみあき》は、

「ちょっと、そこまでご足労《そくろう》願えませんか」

目つきの悪い男に声を掛《か》けられた。言葉だけは妙《みょう》に丁寧《ていねい》なのがよけい気味が悪い。といって断れる雰囲気《ふんいき》では決してない。ついて行くしかなかった。

用意された辻駕籠《つじかご》にしばらく乗せられ、町外れのお堂の中に連れ込《こ》まれた。そこには、公明を連れてきた男と同じような目つきのよくない男が四人待っていた。

「算術に強いお人をお連れしやした」

公明を連れてきた男が仲間たちに言い掛けた。

「おお、五郎太《ごろうた》、待っとったぜ。全く親分の算術好きにも困ったもんや。分け前をこんなふうに書かれてもなあ」

奥《おく》に座る一番年嵩《としかさ》と思われる男が、ぼやくように言った。

「ほんまやで、一郎太《いちろうた》の兄ぃ。子分が算術なんかからっきしだってこと全くおかまいなしなんやから」

向かいに座る男が受けると、

「上方《かみがた》で盗《ぬす》み貯《た》めた銀一万二千匁《もんめ》、半分を親分の隠居金《いんきょがね》にして残り半分を俺《おれ》たち五人に分けてくれるってのはありがたいし、兄ぃたちと俺や五郎太みたいな三下《さんした》と差があるってのも当たり前やけど、こんなんじゃいくらもらえばいいかわからへんで」

手前に座っていた若い男が、溜息《ためいき》をついた。

「なあ、あんた、これわかるかい」

今まで黙《だま》っていた一番大柄《おおがら》の男が、懐《ふところ》から書付《かきつけ》を出して公明に見せた。その書付には、こう書いてあった。


俺ももう年だ。ここらで盗人《ぬすっと》の足を洗おうと思う。そこで今まで上方で盗み貯めた金をお前たちに分配する。金は全部で銀一万二千匁ある。そのうち半分を俺の隠居金としてもらう。残りを次のように分けること。

次郎太《じろうた》は一郎太の三分の二
三郎太《さぶろうた》は次郎太の四分の三
四郎太《しろうた》は次郎太の四分の一
五郎太は三郎太の三分の一

（簡単だ。でも自分は、痩《や》せても枯《か》れても御公儀《ごこうぎ》の碌《ろく》を食《は》む者、盗人の手助けするのは……）

逡巡《しゅんじゅん》する公明に、

「風鈴《ふうりん》屋、油屋、さっさだて、みんな見とったんや。見事なもんだった。わからないとは言わせねえぜ」

と、五郎太が匕首《あいくち》をちらつかせる。

（これが塚本《つかもと》さんだったらどうするだろうか）

一瞬《いっしゅん》、道場若手一の使い手・塚本

4　譲《ゆず》り算

銀１万2000匁《もんめ》　｜　半分は親方　｜　残り半分を５人で分ける

5人の取り分の合計 = 12000 ÷ 2 = **6000匁**

一郎太の取り分を１とした場合、残り４人の取り分は

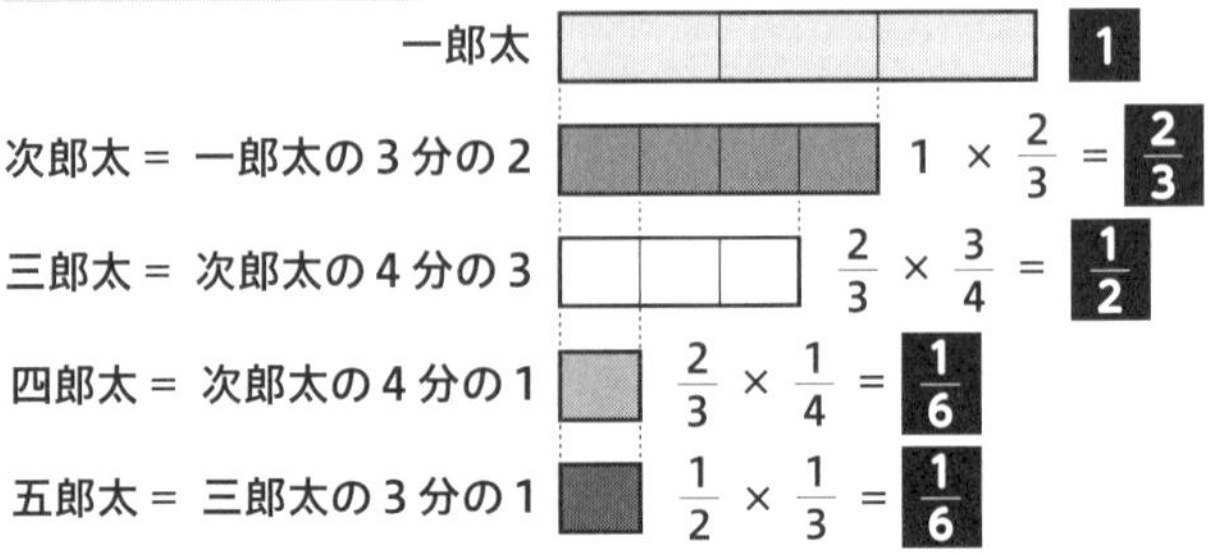

忠吉《ただよし》の凛々《りり》しい姿が、公明の頭をよぎった。

きっと全員お縄《なわ》にするだろう。よしんばそれが無理でも、何人かは捕《つか》まえる。少なくとも分け前の計算など手伝わないはずだ。

（俺も男だ、侍《さむらい》だ）

公明の左手が刀の鯉口《こいくち》を切りかけた。

（でも……）

油屋での自分の惨《みじ》めな姿が目に浮《う》かぶ。

（無理か）

公明の左手が刀からそっと離《はな》れ、力なく下ろされた。

黙《だま》っている公明を、

「おい」

匕首を構えた五郎太が威嚇《いかく》する。

（塚本さんは定町廻《じょうまちまわ》り。支配勘定《しはいかんじょう》の自分とは立場が違う）

命あっての物種《ものだね》と、あっさりと抵抗《ていこう》は諦《あきら》めて、教えることにした。

（あーあ、お光《みつ》さんに相手にされないわけだ）

「えーっと、次郎太さんは一郎太さんの三分の二。三郎太さんは次郎太さんの四分の三だから一郎太さんの二分の一。四郎太さんは次郎太さんの四分の一だから一郎太さんの六分の一。五郎太さんは三郎太さんの三分の一だから一郎太さんの六分の一。一郎太さん一、次郎太さん三分の二、三郎太さん二分の一、四郎太さんと五郎太さんそれぞれ六分の一、これらを足すと二と二分の一になるから、五人で分ける六千匁を二と二分の一で割れば、一郎太さんの取り分がわかる」

ここまで一気に言って、五人の様子を見る。

すると、

「で、要するにいくらになるんだ」

焦《じ》れたように大柄の三郎太が言った。

算術に何の関心もない五人にとって、答えに至る道筋など、どうでもいい話だったようだ。

「一郎太さんは二千四百匁、次郎太さんは千六百匁、三

5人の取り分の合計

$$1 + \frac{2}{3} + \frac{1}{2} + \frac{1}{6} + \frac{1}{6} = \frac{5}{2} = 2 + \frac{1}{2}$$

一郎太の取り分 $= 6000$匁 $\div \left(2 + \frac{1}{2}\right) =$ 2400匁

郎太さんは千二百匁、四郎太さんと五郎太さんは四百匁ずつだよ」

　と急いで言って、また様子をうかがう。

（分け前の多い少ないでもめ始めたらどうしよう。私は書付に書いてあったとおり、この人たちの親分の言葉どおりに計算しただけだけど、そんな道理がわかる奴《やつ》らだろうか）

　公明は心配したが、

「ありがとうよ、助かったぜ」

　一郎太が公明に向かって礼を言った。

　一瞬ほっとした公明だが、

（そりゃあ、あんたが一番たくさんもらったんだからね。でもあとの奴らは……）

　あとの四人を見回した。が、皆《みな》、ニコニコと上機嫌《じょうきげん》だ。

　盗人って言っても、それほど悪い奴らではないのかもしれない。

残り４人の取り分

次郎太の取り分 $= 2400 \times \frac{2}{3} =$ **1600匁**

三郎太の取り分 $= 1600 \times \frac{3}{4} =$ **1200匁**

四郎太の取り分 $= 1600 \times \frac{1}{4} =$ **400匁**

五郎太の取り分 $= 1200 \times \frac{1}{3} =$ **400匁**

公明は、五人に対して親近感を持ち始めている自分に気付き、

（いかん）

と首を振《ふ》った。

そんな公明をよそに、この五人、上下関係もしっかりしているらしく、全く文句も言わずに喜んでいる。文句どころか、同い年で役目も同じだった下の二人が、言いまわしは違《ちが》うのに同じ額だったことで、

「親分はすごい」

と感心していた。

公明に対しても感謝して、一郎太が
「少ないが、礼だ。受け取ってくんな」

と、三両の金を差し出した。

そうするとほかの四人が、一郎太兄ぃばかりに出させては悪い。我々も取り分の割合でお礼をするから計算してくれという。

礼など受け取るわけにはいかないという公明に、一郎太が、

「男が一度懐《ふところ》から出した金、引っ込めるわけにはいかない」

と凄《すご》んでみせるが、公明もここは、何が何でも礼など受け取るわけにはいかな

い。なだめすかしごまかして、逃《に》げるようにその場を離れた。

（なんか今日は、いつも逃げるように退出している気がする）

公明は、少し行ったところから泥棒《どろぼう》たちのお堂を振《ふ》り返った。

なんとも憎《にく》めない泥棒たちだった。

拉致《らち》同様に連れて来て分け前の計算をさせておいて、礼をすると言った。泥棒たちの言うとおり、一郎太三両で割合計算をすると、全部で七両二分になる。気前のよい泥棒たちだ。

そして、銀一万二千匁という数字の大きさに惑《まど》わされたが、金に直せば二百両。もちろんそれは大金だが、盗み貯めたとか隠居金とか聞いて想像する額には一桁《ひとけた》足りないように思う。

こんな者たちを束ね、百両を隠居金に引退生活を送るという算術好きの親分とはいったいどういう人間なのか。

（世の中、いろんな人間がいるんだな）

公明は、しみじみと思った。

（五）　虫食い算と俵杉算《たわらすぎ》

（ここはどの辺なんだろう）

ひとしきり盗人《ぬすっと》たちに思いを馳《は》せた公明《きみあき》は、我に返り、辺りを見回した。辺りは田畑で見覚えがないが、湯島《ゆしま》から駕籠《かご》に乗せられてきた感じで、日暮里《にっぽり》辺りかと見当をつけた。

（南西に向かえば帰れる）

公明は、そう判断して歩き始めた。

少し歩くと神社があった。その前で、数人の男たちが話している。中で一番の年寄りが、

「う～ん、俺《おれ》もまだほんの子供だったもんで細かいことまで覚えちゃいねえしな」

腕《うで》を組んで考え込《こ》んだ。

「書いたもんがあるって言うんで安心してたんだが、これじゃあ読めねえ。かろうじて一本の径《けい》が一尺《しゃく》二寸《すん》三分《ぶ》ってことと、一番下の幅《はば》の下二桁《しもふたけた》が四寸五分で、間《けん》

に直した時、尺の余りが出ないってことはわかるんだが……」

（またか）

と思いつつも、数字を聞くと放っておけないのは勘定所《かんじょうじょ》支配勘定の家に生まれた身の因果《いんが》か。公明が男たちから、詳《くわ》しい話を聞くとこうだ。

この神社では、五十年間途絶《とだ》えていた神事を復活するらしい。その神事に丸太を三角形に積み上げることが必要なのだそうだ。五十年も途絶えていた神事なので、何本の丸太が要るか、知っている人がいないらしい。書いたものはあるのだが、ところどころ虫が食っていてまともに読めないそうだ。

「その書付《かきつけ》、見せてもらえますか」

見知らぬ若者の申し出に、書付を持っていた男は、

（どうしましょう）

と言うように、仲間の顔を見回した。

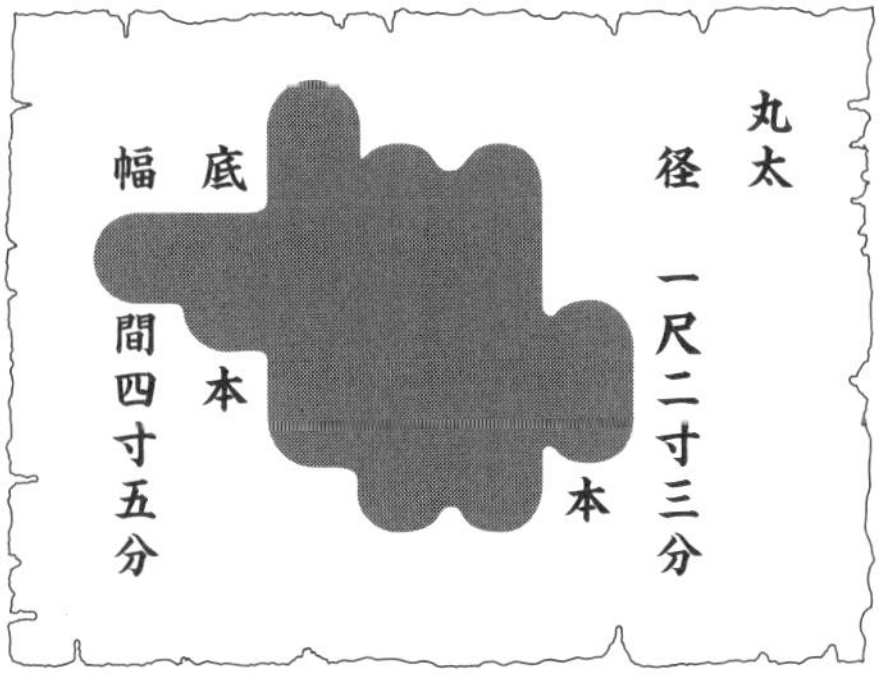

「見てもらえばいいじゃねえか」

長老が書付を受け取って、公明に手渡《てわた》した。

「ああ。これならわかりますよ」

事も無げに言う公明に、

「え、もうわかったんで」

その場の誰《だれ》もが驚《おどろ》きの声を上げた。

「一本の径が一尺二寸三分で、一番下、三角形の底の幅の下二桁が四寸五分。だから、一番下の丸太の数は十五本。総数は百二十本です」

公明が、涼《すず》しい顔で答える、

「ちょっと待てくださいよ」

一番若い男が、懐《ふところ》から算盤《そろばん》を取り出して検算を始めた。

「一尺二寸三分の丸太十五本で、え～と、三五・十五、二五・十……十八尺と四寸五分。間に直すと三間と四寸五分。すごい、合ってる。そして、一番下が十五本で積み上げると……百二十本。すごい、このお人の言うとおりだ」

男が算盤から顔を上げ、叫《さけ》んだ。

一番下が十五本で積み上げる丸太の総数を出すのに、男が十五に十六を掛《か》けて二

5-1　虫食い算

直径1尺《しゃく》2寸《すん》3分《ぶ》の丸太　　底の幅の下《しも》2《ふた》桁《けた》目が4寸5分

1尺＝10寸　　1寸＝10分

直径123の丸太を何本積み上げると、一番下（底）の幅が■■45になる？

直径		1	2	3
本数	×		●	■
底の幅	○	□	4	5

3に何を掛《か》けると下1桁目が5になる？

3 × ■ ＝ ◎5　　■ ＝ **5**

	1	2	3
×		●	5
	6	1	5
▽	▲	△	
○	□	4	5

1に何を足すと下2桁目が4になる？

1 ＋ △ ＝ 4　　△ ＝ **3**

	1	2	3
×		●	5
	6	1	5
▽	▲	3	
○	□	4	5

何に3を掛けると3になる？

● × 3 ＝ 3　　● ＝ **1**

	1	2	3
×		1	5
	6	1	5
1	2	3	
1	8	4	5

→ 底の本数 ＝ 15本

→ ▽ ＝ 1

→ 底の幅 ― 18尺4寸5分

1間《けん》は6尺なので　18 ÷ 6 ＝ 3　　18尺 ＝ 3間

底の本数 ＝ **15本**　　**底の幅** ＝ **3間4寸5分**

で割ったのを見ていた公明は、その男が少しは算術の心得があると見て、

「なぜ、こうなるか、説明しましょうか」

と言ってみた。

「教えていただけるんですか」

男が顔を輝《かがや》かした。

「いいですよ。百二十三に何かを掛けて……」

公明が、話し始めると、

「ここでは、なんだ。会所の方に来てもらってはどうだ。ちょうど小腹もすく頃《ころ》だ。菓子《かし》など食べてもらいながら教えてもらえ」

長老が言い、

「そうしてください」

公明を促《うなが》した。

（これくらいのことで、何か悪いな）

と思いながらも公明は、誘《さそ》われるまま会所についていき、そこで茶菓子を振《ふ》る舞《ま》われ、手順を説明したら、一月《ひとつき》後の祭りに招待された。

5-2 俵杉算《たわらすぎ》

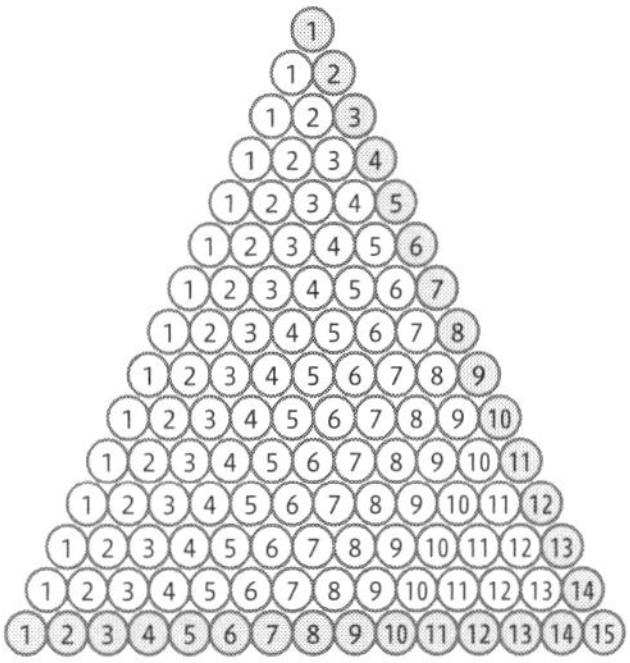

底の本数は15本

底の本数と積み上げる段数は同じになるので

積み上げる段数は15段

もう1組の丸太を逆さまにして横に並べると

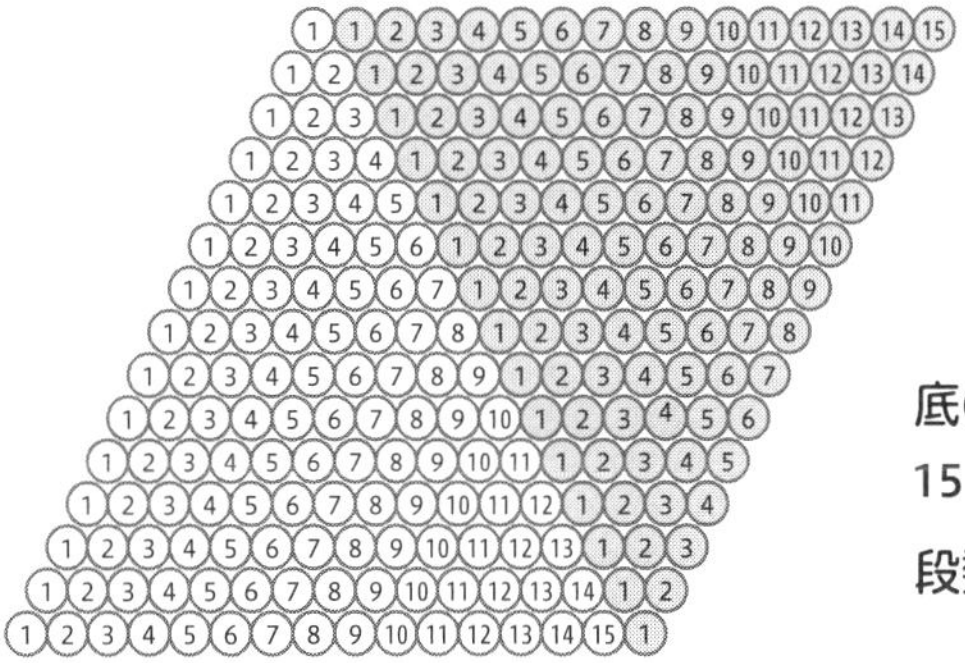

底の本数は

15 + 1 = **16本**

段数は **15段**

丸太の総数 = 1 + 2 + 3 + ………………………… +14 + 15

\+ 丸太の総数 = 15 + 14 + 13 + ………………………… + 2 + 1

丸太の総数 × 2 = 16 + 16 + 16 + ………………………… +16 + 16

= 16 × 15

丸太の総数 = 16 × 15 ÷ 2 = **120本**

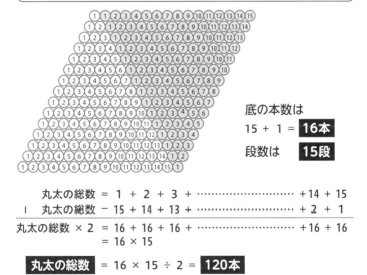

（六）　交会術

美味《おい》しい茶菓子《ちゃがし》でもてなされて、算術に興味のある男から「先生」などと呼ばれ、気持ちよく虫食い算の手順を説明しての帰り道、公明《きみあき》は美しい娘《むすめ》を見かけた。年の頃《ころ》は、公明と同い年か一、二歳《さい》上か。少し憂《うれ》いを含《ふく》んだ面差《おもざ》しが気になった。身なりからそれ相当の家の娘のようなのだが、伴《とも》も連れずに一人なのも不思議だった。

公明の行く方から歩いてきたその娘は、見惚《みほ》れている公明には気付かず、道端《みちばた》の石に腰《こし》を下ろし、大きな溜息《ためいき》をついた。

（何か悩《なや》みがあるのだろうか）

憧《あこが》れのお光《みつ》とは、まともに話もできない公明だが、会所ではよほど気持ちのいい時を過ごしたようだ。憂い沈《しず》んだ娘を前に、

（えーい、こちとら武士だ、男だ、江戸《えど》っ子だい）

若い娘の悩んでいる様子を見過ごしにはできないと、大いにいきがって声を掛《か》けた。

「娘さん、何か心配事があるのかい」

「あ、算術のお侍《さむらい》さん」

娘は、祭り準備の村の娘らしい。茶菓子を振《ふ》る舞《ま》われている間に有名になったみたいだ。

あれぐらいのことでと面映《おもはゆ》い気がするが、さりとて悪い気はしない。ますます背筋の伸《の》びた公明は、

(何でも相談に乗るよ)

そんな気持ちで待っていた。

娘はしばらく逡巡《しゅんじゅん》していたが、顔を上げ、思い切ったように、切り出した。


「お侍さんには……」

「山口公明。公明でいいよ」

「それはあんまり失礼です。山口様、山口様には好いたお人がいらっしゃいますか」

「え」

(もしかして告白か?)

公明は身構えた。

会ったばかりだ。そんなはずはない。

そんな揺《ゆ》るぎない真実が、少々傾《かたむ》いてしまうほど、公明は舞い上がっていた。

（神社での様子を伝え聞いて「そんなに算術ができるなんて素敵！」と、ポーッとなったのかもしれない）

などと浮かれた気分で、

「え〜と」

（名前は？）

と言うように娘を見た。

「あ、申し遅《おく》れました。庄屋《しょうや》・弥三郎《やさぶろう》の娘、お信《のぶ》と申します」

「お信さんか、それでお信さんには好いた人がいるの？」

娘は、こっくりと頷《うなず》いた。

「へえ、それはどんな人かな」

とりあえず訊《き》いてみた。

あなたです。

そんな答えを、頭のどこかで小さく期待しながら。

しかし、当たり前のことに、お信の答えは、そうではなかった。

お信の恋《こい》しい相手、それは、日本橋《にほんばし》の生糸問屋《きいとどんや》の若旦那《わかだんな》で、名は惣太郎《そうたろう》。

お信の悩《なや》みを要約すると、

恋しい惣太郎は、村で飼っている蚕《かいこ》の様子を見に四日ごとに村に来る。しかし、いつもはしっかり者の番頭《ばんとう》がお目付《めつけ》よろしく付いて来るので、とても逢瀬《おうせ》は望めない。ところがその番頭は十日ごとに別の用事があるらしく、その日は手代《てだい》が伴をしてくる。この手代、気の利《き》いた男で、自分一人で蚕の様子を見て廻《まわ》り、若旦那と娘の逢瀬を手助けしてくれる。

昨日《きのう》がその逢瀬の日だった。楽しい時を過ごしたが、恋する者の常として、別れたすぐから会いたいのだ。次の逢瀬が待ち遠しく、指折り数えて待つのも苦しい。ましてお信は、今度いつ逢《あ》えるかわからず、つらく悲しいのだという。

(なんだ、そういうことか)

公明は、話を聴《き》いて力が抜けた。

そりゃあそうだ。はなっからわかっていた。

算術が得意だという理由で、男にポーッとなる娘なんているわけがない。

(私に惚《ほ》れる娘など唐天竺《からてんじく》まで探しても、絶対いないんだ)

公明は、夢から現実へと大きく引き戻《もど》された。その勢いで、現実よりも落ち込《こ》んだ。

（お信さんは惣太郎さんと相思相愛《そうしそうあい》。それだけでも、私よりずーっと幸せじゃないか）

男女の仲というものは、あんまりすんなりいくのもおもしろくないものだ。

「いつ逢えるかわからないから、逢えた時の喜びがいっそう増すというもの。わからない方がいいんじゃないかな」

公明は、少々意地悪く、捨て台詞《ぜりふ》のようにそう言ってその場を立ち去ろうと思った。だが、娘の涙《なみだ》に潤《うる》んだ目を見ると、そんなことはできなくなる。馬鹿馬鹿しくも腹立たしくもあったけれど、そこは自分の気持ちをぐっと堪《こら》えて、精一杯の痩《や》せ我慢《がまん》、余裕《よゆう》があるかのごとく、

「それはね……」

と、静かに答えてやった。

何日ごとに手代が伴をしてくるか。

四日ごとの何回目かと十日ごとの何回目かが同じになる、その日数ごとだ。四日

ごとの五回目は二十日、十日ごとの二回目も二十日。だから二十日ごとだ。「昨日《きのう》がその日だったのなら、今度は十九日後だよ」

「十九日も先なのか」

娘は少々がっかりした様子だった。が、それでも、

「いつかわからなかった今までより、指折り数えて待てるから」

と、喜んで帰っていった。

6　交会術

惣太郎《そうたろう》は４日ごとに来る　番頭《ばんとう》は10日ごとにいない

番頭がおらず手代《てだい》が担当の日に惣太郎に会える

惣太郎が来るのは

4 ・8・12・16・20・24・28 ……（４の倍数ごと）

番頭がいないのは

10・20・30 ……（10の倍数ごと）

惣太郎が来る日のうち、10の倍数でいちばん近い日は

4 ・8 ・12・16・20・24 ……

惣太郎に会える日 ＝ **20日ごと**

惣太郎に会える日

惣太郎が来る日	4	8	12	16	20	24	28
番頭がいない日		10			20		30

（七）　子供算

娘《むすめ》の帰っていく後ろ姿を見送った公明《きみあき》は、どっと疲《つか》れが出た。

（あ〜あ）

溜息《ためいき》をついて空を仰《あお》いだら、西に傾きかけた太陽がまぶしかった。

（帰ろ、帰ろっと）

公明は、畦道《あぜみち》をうつむき加減にとぼとぼと歩く。田を吹《ふ》き渡《わた》る風が、青々とした稲《いね》の海に波を起こしザワザワと鳴った。

（それにしても、家を出てから計算ばかりしていたな。やはり自分の人生、算術と無縁《むえん》ではいられないのだろうか）

そんなことを考えながら歩いていた公明は、後ろから、ポンと肩《かた》を叩《たた》かれて、驚《おどろ》いて振《ふ》り返った。

「何を考え事をしていたんだ。もし私が敵だったらお前、死んでたぞ」

そう言って笑うのは、道場仲間の内藤宗助《ないとうそうすけ》だ。徒目付《かちめつけ》の家の次男で、年は公明と同じ十七歳《さい》。剣《けん》の腕前《うでまえ》は公明とどっこいどっこい。お世辞にも腕が立つとは言えな

い。だから、

「いくら私でも、お前には、そう簡単に斬《き》られないよ」

公明も笑顔で言い返した。

「どうした、こんなところで」

公明が尋《たず》ねた。先を取ったつもりだったが、

「ああ、ちょっと父上の使いでな。お前こそ、こんなところをうろつくなんて、珍《めずら》しいじゃないか」

やはり聞き返されてしまった。

「ああ、ちょっとな」

公明は言葉を濁《にご》したが、

「何か訳ありって感じだな」

宗助は追及《ついきゅう》の手を緩《ゆる》めようとしない。

訊《き》きたがる宗助と、それをのらりくらりと躱《かわ》す公明。若者二人が田舎道《いなかみち》を歩きながらの攻防《こうぼう》は続く。

「小腹が空《す》いたな、ちょっと寄ってかないか」

公明が、宗助の指差す先を見ると、道場の帰りにときどき寄る汁粉屋《しるこや》が見えた。知らぬ間に道場の近くまで帰ってきていたようだ。

汁粉屋に入ると、たくさんの子供を連れた男女がいた。宗助が、

「賑《にぎ》やかだな」

気軽に声を掛《か》けると、

「へえ、騒《さわ》がしくって申し訳のねえことで、お前ら、おとなしくしな。貧乏人《びんぼうにん》の子だくさん、私の子が九人で……」

男が言うと、

「私の子が八人です」

女が続けた。

（おもしろい応《こた》え方をするな。宗助はわかっているだろうか）

公明が宗助の様子をうかがうと、案《あん》の定《じょう》しきりに首をひねっている。

「どうした」

「子供の数が足りないんだ。確か男の子供が九人で、女の子供が八人って言ってたよなあ。合わせると十七人だ。でも、何度数えても、ここには十二人しかいないん

だ」

（やっぱりな）

公明は溜息をついた。

「あの二人は夫婦だ」

公明の言葉に、

「え、だが、それぞれ自分の子の人数を、別々に……」

宗助は不審顔《ふしんがお》だ。

公明は続けた。

「ただ、二人ともお互《たが》いが初めての相手じゃない。前の相手との子、つまり連れ子がいるんだ。二人の間にも子がある。その子たちはどちらの子でもあるから二回数えられている。ということは、あの夫婦の間の子が五人、亭主《ていしゅ》と前妻の子が四人、女房《にょうぼう》と前夫の子が三人。合わせると十二人になるじゃないか」

「ああ、道理で」

宗助がやたら感心している。

（子供の数が合ったぐらいで、そんなに感心するか）

公明は思った。が、どうもそうではないらしい。

7　子供算

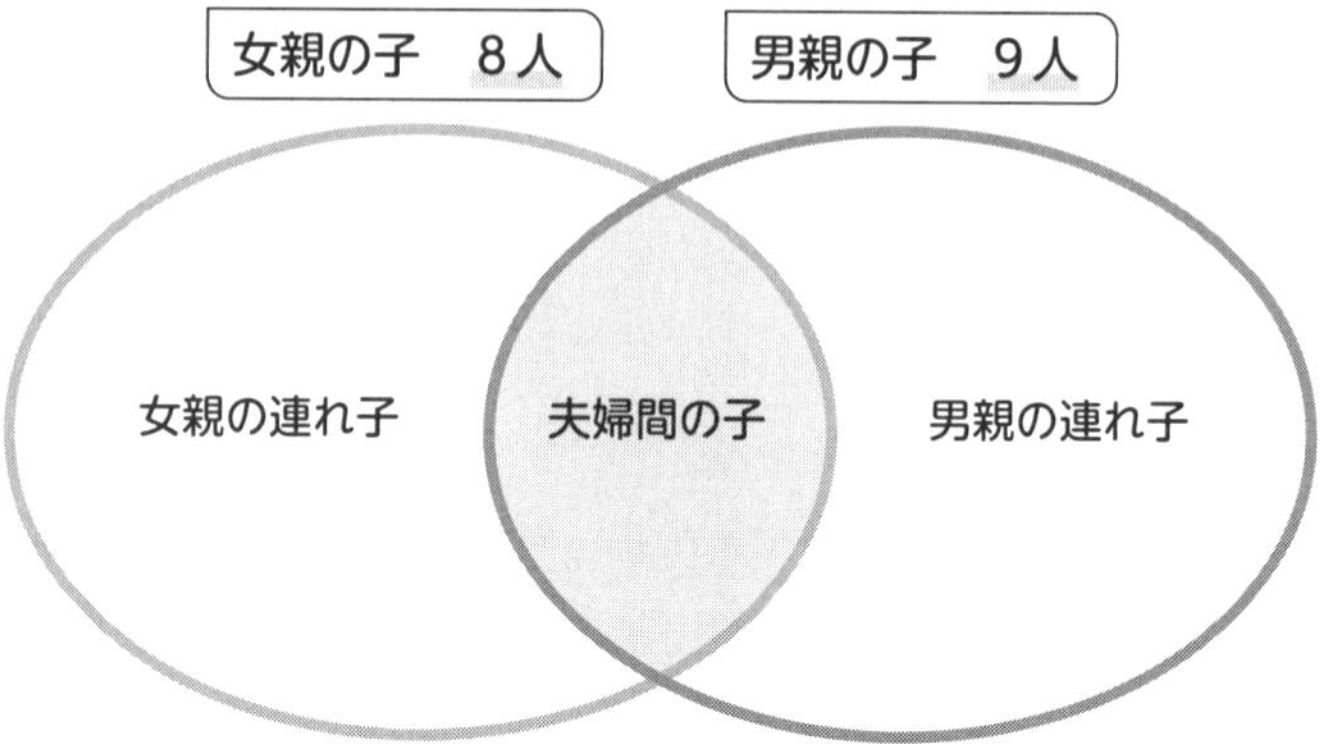

子供は合計12人いるので

夫婦間の子　(8 + 9) − 12 = **5人**

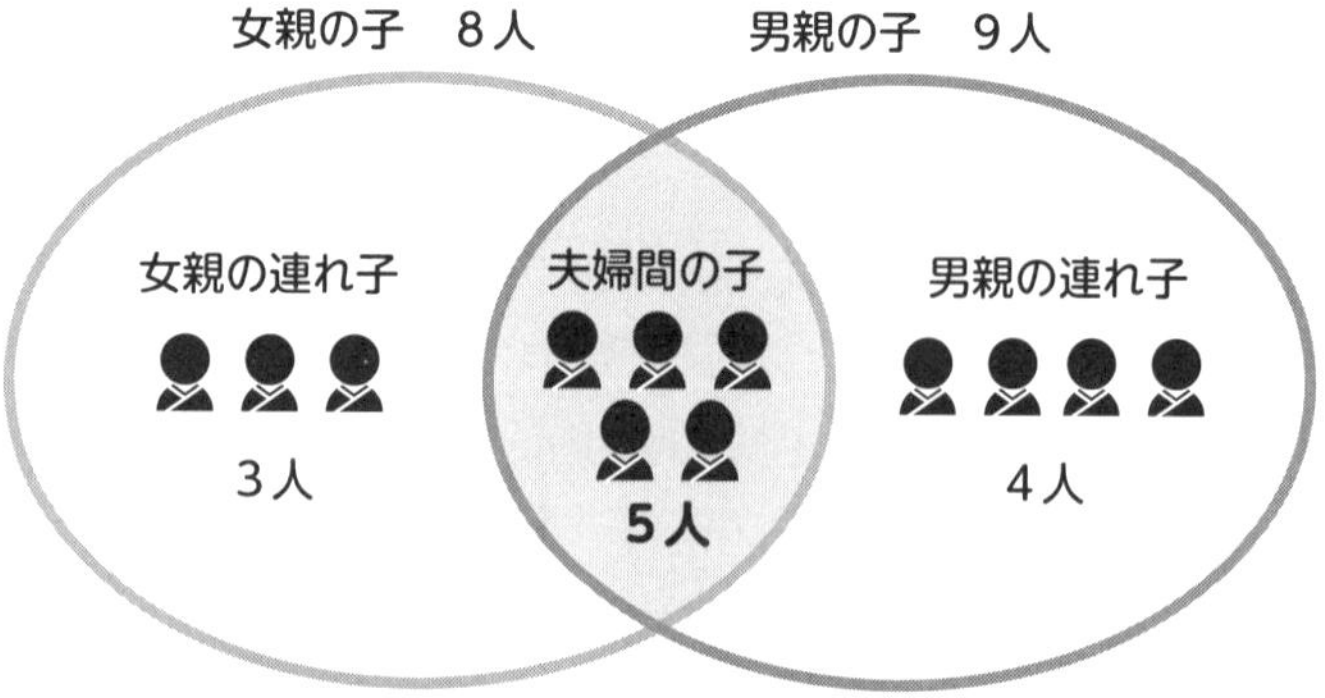

女親の連れ子　8 − 5 = **3人**

男親の連れ子　9 − 5 = **4人**

「あの子だけ頭抜《ずぬ》けて器量良しだと思わないか。前の女房が別嬪《べっぴん》だったか、前の亭主が男前だったんだぜ」

宗助が指す子を見ると、なるほど、ドキッとするほどかわいい。

（娘盛りにはどんな美人になるだろう。お光《みつ》さんも凌《しの》ぐかもしれないぞ）

公明は思ったが、

「まだほんの子供じゃないか」

と、わざと気のない返事をした。

「お前はそう言うが、あと五年もしてみろ。評判の美人になること間違《まちが》いなしだ」

宗助が断言する。

まったく気楽な奴《やつ》だ。剣は天性のものが大きいから仕方ないにしても、学問に精を出すこともせず、将来のことを考えているようにも見えない。年中、あの店の汁粉はうまいとか、あの店は値の割にいい酒を出すとか、おもしろい芝居《しばい》がかかっているとか、どこどこの娘は器量がいいとか、そんなことばかり言っている。

公明が黙《だま》っていると、

「まあ、お前はお光さん一筋だからな」

と笑った宗助が、真顔に戻《もど》り続けた。

「俺《おれ》は今のうちなんだよ。嫡男《ちゃくなん》のお前と違って俺は次男。いずれどこか御家人《ごけにん》のところに婿養子《むこようし》に入らないといけない。剣もだめ、学問もだめという俺の養子先、ろくなところじゃないと思う。家付き娘《むすめ》の容姿もまたしかりだ。そんな女房殿の所と仕事場と往復。思えば溜息《ためいき》が出るが、婿の身分じゃ、身動きできない」

（こいつ、そんなことを考えていたのか）

公明は少なからず驚いた。

（将来のことを何も考えていない、気楽な奴《やつ》だと思っていたが……）

公明は支配勘定役《しはいかんじょうやく》を務める家の嫡男として生まれた。もちろん支配勘定役という役職は原則世襲《せしゅう》ではない。一代限りのお役目だ。だが大方は父親が在職のうちに嫡男が見習いとして出仕、父親引退後、その職を引き継《つ》ぐ。

ということで、公明は生まれた時から進むべき道が決まっていて、幸いなことにその道は自分の得手《えて》とすることと合っていた。

（武士としてこれでいいのか）

少年らしい迷いはあるものの、安定し充実《じゅうじつ》した将来が約束されている。

だが宗助は、養子先によって自分の生涯《しょうがい》を賭《か》ける仕事が違ってくる。大番役《おおばんやく》かもしれないし公事方《くじがた》かもしれない、祐筆《ゆうひつ》かもしれないのだ。落ち着かないのも無理はない。

(私は今まで自分の立場でしか世の中を見ていなかった気がする)

世の中、いろんな人がいるのだ。

今日一日、いろんなことがあった。

公明は今日一日の出来事を振り返った。

風鈴屋《ふうりんや》の親子、油屋、さっさだての大道芸人。皆《みな》、自分の仕事に真面目《まじめ》に取り組んでいる。祭りの村の人たちもそうだ。自分たちの村の伝統を絶やすまいと一所懸《いっしょけん》命《めい》だった。そのためには、武士とはいえ遥《はる》かに年下の公明に頭を下げて教えを請《こ》うた。

そして、あの憎《にく》めない泥棒《どろぼう》たち。

公明の中で、まだ十分に整理はついていないが、今まで頭の中だけで思い描《えが》いていた極悪非道《ごくあくひどう》の輩《やから》というものとは明らかに違っていた。あの者たちの間にも仲間への情があり、他人への感謝があった。

(世の中、本当にいろいろな人がいろいろな立場で生きているんだ)

溜息をつく公明に、

「うん？　どうした？」

汁粉をほおばっていた宗助が顔を上げた。その顔はいつもの気楽な宗助だ。

公明はなぜかほっとする思いで、

「いや、何でもない」

と答えて汁粉をすすった。

「算術の問題でも考えていたのか。考えながら食うと腹に悪いぞ」

宗助が餅《もち》を口に放り込《こ》む。

「ああ」

公明も餅を一口かじった。


「それはそうと、お前今日は何だったんだ」

思い出したように宗助が尋《たず》ねた。

公明は今日一日の出来事を詳《くわ》しく話した。

さっきまでごまかしはぐらかしていたのに、なぜだか宗助に聞いてもらいたくなったのだ。

公明の話を最後まで黙《だま》って聞いていた宗助は、

「お前、やっぱり算術からは離れられないんだよ」

と、しみじみと言った。

そして、

「出来たじゃないか」

と笑う。

「何が」

訳がわからず聞き返す公明に、宗助は言う。

「お光さんに頼《たの》まれた算術の入門書」

(ああ、そうか)

なるほど、今日一日の出来事を書けば算術の入門書になる。

入れ子算に油分け算、鶴亀《つるかめ》算に譲《ゆず》り算、虫食い算に俵杉《たわらすぎ》算、交会術、そして子供算。入門書にはうってつけだ。

(帰ったら早速《さっそく》まとめよう)

そう思った公明に、

「交会術だったか。庄屋《しょうや》の娘の話だけは、そのまま書くなよ」

宗助が言って、ニッと笑った。

第二章

誘拐《かどわかし》――奇妙《きみょう》な友情

（一）

知らぬ間に夕立が上がっていた。

ついさっきまで滝《たき》のように降っていた雨が嘘《うそ》のように止《や》んでいる。

小半刻《こはんとき》（約三十分）前、お役目中の突然《とつぜん》の豪雨《ごうう》に、南町奉行所定町廻《みなみまちぶぎょうしょさだちょうまわ》り同心《どうしん》・塚《つか》本忠吉《もとただよし》は、日本橋呉服町《にほんばしごふくちょう》の呉服屋・伊勢屋《いせや》の軒《のき》を借りた。

どうせ夕立、通り雨だ。店の者には何も告げず軒下でやり過ごすつもりでいた忠吉だったが、すぐに手代《てだい》に目ざとく見つかり、

「塚本様、そんなところでは濡《ぬ》れてしまいます。さあさ、奥《おく》へお入りくださいませ」

と、番頭《ばんとう》の佐平《さへい》に有無《うむ》を言わさず座敷《ざしき》に通された。

複数の大名屋敷《だいみょうやしき》へも出入りする大店《おおだな》の伊勢屋。町方《まちかた》同心が、店先で茶を振《ふ》る舞《ま》われるというのならともかく、奥座敷に通されるなど破格の厚遇《こうぐう》だ。だが忠吉は、そのことをさほど気にする様子もなく、出された茶を飲み、大福《だいふく》をほおばった。

「いつに変わらぬ見事な食べっぷりですね」

佐平から忠吉の来訪を告げられた、伊勢屋の主人幸兵衛《こうべえ》の妻・咲《さき》が、菓子鉢《かしばち》に盛られたお代わりの大福を持って、笑顔で入ってくる。

「大好物ですから」

忠吉が笑顔を返すと、

「まあまあ、南町随一《ずいいち》の剣《けん》の使い手が、大福に目がないなんて……。でも、お元気そうで何よりです」

咲は笑《え》みをいっそう深くして、忠吉と向かい合わせに座った。

「叔母上《おばうえ》もお元気そうで」

忠吉は、大福を手に持ったまま、ぺこりと頭を下げた。


叔母上。

そうなのだ。咲は忠吉の父・忠道《ただみち》の実の妹、忠吉にとっては叔母にあたる。

今から二十年も昔。

当時、伊勢屋の若旦那《わかだんな》だった幸兵衛が、町で見かけた咲に一目惚《ひとめぼ》れ。押《お》しの一手で、身分の違《ちが》い、逆に身代《しんだい》の違いを跳《は》ね除《の》けて、祝言《しゅうげん》を挙げたそうだ。

忠吉の生まれる前の出来事だから、聞いた話だ。それも当人たちや家族が話すわけもなく、多分に噂《うわさ》のようなものだが、目の前に座る叔母を見ると、さもあらんと頷《うなず》ける。

伊勢屋に嫁入《よめい》って二十年。慣れぬ暮らしで苦労はあったろうが、大店の主《あるじ》の妻として奥《おく》を取り仕切ってきた自信と余裕《よゆう》の表れだろうか、三人の子供を生み育て四十に手が届く年齢《ねんれい》になった今も、咲は、甥《おい》の忠吉の目から見ても、ふくよかに若く美しい。

だが今日の咲は、その美しい容姿《ようし》に、どことなく疲《つか》れが見える。

いつも明るい叔母の笑顔に、今日は時折、翳《かげ》がさすのを、忠吉は好物の大福に気を取られながらも、見逃《みのが》さなかった。

「何かありましたか」

忠吉が三個目の大福を食べ終わり、空《から》になった湯飲みをひざの上で玩《もてあそ》びながら訊《たず》ねた。

咲は甥の食べっぷりに目を細め、彼《かれ》のひざの上にある湯飲みに茶を足してから、

「わかりますか」

と問い返した。

「何となく」

「忠吉さんは優しいのですね。嫂上《あねうえ》はお幸せです」

叔母の寂《さび》しい微笑《びしょう》に、忠吉は、

(幸次郎《こうじろう》がまた、何かやらしたのか)

従弟《いとこ》の幸次郎の無表情な顔を思い浮《う》かべた。

伊勢屋夫妻には、今年二十《はたち》歳になる惣領息子《そうりょうむすこ》の清太郎《せいたろう》と、十八歳《さい》になる娘のおきみ、それに十六歳になる末息子の幸次郎《こうじろう》、三人の子がある。

幼い頃《ころ》、忠吉は、一つ年上の清太郎や一つ年下のおきみとはよく遊んだ。だが幸次郎とは一緒《いっしょ》に遊んだ記憶がない。

幸次郎は、少し変わった子供だった。

他人とあまり交わらず、一人でいることが多かった。興味があるものは一日中、いや寝《ね》るのも忘れて何日でも眺《なが》めているが、興味のないものには見向きもしない。そして暮らしの中の決め事を乱されるのを極端《きょくたん》に嫌《きら》った。

勝手気ままといえばそうなのだが、その徹底《てってい》ぶりに忠吉は、それだけでは言い尽くせない、何か崇高《すうこう》ささえ感じたものだ。

あれは幸次郎が五歳の頃、いつも使っていた湯飲みが割れて新しいものを使えと言われた時、いつもの湯飲みを使うんだと泣き喚《わめ》いて手がつけられなかった。しかたなしに、方々《ほうぼう》に手を尽《つ》くして同じものを探して買い与《あた》えて、ようやく機嫌《きげん》が直った。また別の日、いつも通る道に、大きな野良犬《のらいぬ》がいた。ほかの子供たちは違う道を行ったが、幸次郎だけは構わず通ろうとして咬《か》まれて大事《おおごと》になった。

などなど、一事《いちじ》が万事《ばんじ》なのだ。

今のうちだけだ。大きくなったらまともになるだろう。

周りの大人たちは、願いを込《こ》めてそう思った。しかし、十六歳になった今も、全く変わる気配《けはい》はない。

つい二月《ふたつき》前、濡《ぬ》れ縁《えん》に座り、庭に入った植木屋の仕事を熱心に見ているなと思っていたら、昼の休みに植木屋が弁当を使っている間に、勝手にはさみを持ち出して、見様見真似《みようみまね》で梯子《はしご》に登り、庭木の手入れを始めたが、慣れぬことだ。梯子から落ちて右足の骨を折った。

痕《あと》も残らずきれいに治ったことは不幸中の幸いだったが、下手《へた》をしたら死んでいたかもしれない。伊勢屋夫婦、兄姉、店の者たちは肝《きも》を冷やしたはずだ。

その幸次郎が、また、何かしでかしたか。

忠吉がそう思うのも無理はない話だった。

咲は黙《だま》っている。

忠吉は咲が話し出すのを辛抱《しんぼう》強く待ちながら、四個目の大福に手を伸ばした、

「忠吉さんは、田宮弥太郎《たみややたろう》様とは御同役《ごどうやく》でしたね」

言葉を選ぶように話し始めた咲に、忠吉は、

「はい、弥太郎とは見習いの時からずっと一緒ですが」

応《こた》えて、大福を口に放り込んだ。

田宮弥太郎。

忠吉と同い年の十九歳。忠吉と同じく南町奉行所定町廻り同心だ。尤《もっと》も、弥太郎は父親の弥平《やへい》がまだ隠居《いんきょ》していないので、見習いの文字が頭についてはいるが。そして八丁堀《はっちょうぼり》で生まれ育った幼馴染《おさななじみ》でもある。

「弥太郎が何か?」

忠吉が先を促《うなが》す。

「おきみがときどき逢《あ》っているようなのです」

田宮弥太郎と娘《むすめ》おきみが、恋仲《こいなか》のようだ。

それを、咲は「逢ってる」と控《ひか》えめに表現した。

（ああ。そのことか）

忠吉は半年前、弥太郎から打ち明けられて知っていた。

小さい時から忠吉を通して、知らない仲ではなかった弥太郎とおきみが、年頃になって憎《にく》からず想《おも》いあい、逢瀬《おうせ》を重ねるようになった。よくある話だ。

弥太郎から聞かされるまでもなく、二人の様子で察していた忠吉は、弥太郎に、

「幸せにしてやってくれ」

兄貴ぶって言ったものだ。

一人っ子の忠吉は従妹《いとこ》のおきみのことを妹のように思って、何かと気に掛《か》けていた。

その時も、

（弥太郎なら申し分ない）

そう思って安心し、心から喜んだ。

弥太郎は、剣の腕前《うでまえ》は、南町随一《ずいいち》と謳《うた》われる忠吉から見ても、できる！と思えるほどだ。気性《きしょう》は温厚で真面目《まじめ》。誰《だれ》にでも優しく親切だ。

上役《うわやく》の覚えもめでたく、同役下役《したやく》からの信頼も厚い、ただ、優しいが故《ゆえ》に、時と

して、自分を通すことができないことがあるのが、忠吉には少し気になるところではあった。

「弥太郎ならば間違いありません」

娘のことを心配している叔母に、忠吉は、胸を張って友の人柄《ひとがら》を保障した。

「ええ、それはそうでしょうが……」

いつもはっきりものを言う叔母の態度が煮《に》え切らない。

「何か……」

(気になることでもあるのですか?)

そんな思いを込めて、忠吉は、咲の顔を覗《のぞ》き込んだ。

「幸次郎のことが、親御《おやご》さんやご親戚衆《しんせきしゅう》に知れたら……」

(ああ、そうか。叔母上はもう先のことを心配されているのか)

忠吉は、叔母の態度に合点《がてん》がいった。

弥太郎は間違いのない男だ。一方おきみも、気立ての良い美しく賢《かしこ》い娘だ。このまま逢瀬が重なれば、やがて夫婦《めおと》にという話になる。

二人が夫婦になることに問題はない。

身分、逆に身代の違いがあるが、伊勢屋夫婦の例で実証済みだ。ただ、両親とは男女が逆だ。何不自由ないお嬢《じょう》さん育ちのおきみに、三十俵二人扶持《さんじっぴょうににんぶち》の身代のやりくりができるのか多少の心配はある。だがそれとて、賢いおきみのことだ。慣れれば立派にこなすだろう。

けれど、ただ一つ。次男・幸次郎のことだけが、伊勢屋夫婦にとっては、心にかかる心配事に違いない。

幸次郎は、凶暴《きょうぼう》ではない。悪さをするでもない。それに伊勢屋ほどの身代だ。幸次郎がこの先路頭《ろとう》に迷うこともない。別に田宮の家に害を及《およ》ぼすことはないと思う。

(心配しなくても大丈夫《だいじょうぶ》ですよ)

忠吉は、叔母に言ってやろうと思ったが、ふと、弥太郎の父母の顔が頭に浮かんだ。

やはり親戚《しんせき》になる家に、そんな息子がいれば、気になる。いるよりいない方がいいに決まっている。

自分とて正直なところ、幸次郎と従兄弟だとは、めったな人に知られたくはない。

(無責任なことは言えないし……)

叔母の心痛をどうしてやることもできず、急に居心地の悪くなった忠吉は、

(この卑怯者《ひきょうもの》め)

自分自身を罵倒《ばとう》しながら、

「お役目の途中《とちゅう》ですから」

と、慌《あわただ》しく席を立った。

叔母の前を辞して、伊勢屋の外に出た忠吉は、雨に洗われた道に立ち、さっきの豪雨が嘘《うそ》のように晴れた空を見上げた。そして、大きく溜息《ためいき》をつき、お役目に戻《もど》って行った。

(二)

(あ、いるいる)

支配勘定役見習《しはいかんじょうやく》い山口公明《やまぐちきみあき》は、日本橋《にほんばし》近くの駄菓子屋《だがしや》を覗《のぞ》いた。公明の視線の先には、どこぞの大店《おおだな》の若旦那《わかだんな》か、身なりの良い若者が少し場違《ばち》がいに感じられることを気にする様子もなく、飴《あめ》を選んでいた。

公明が初めてここの駄菓子屋でこの若者を見たのは、今月の初め、今日は二十二日だから、かれこれ二十日前になる。

公明は考え事をする時、町を歩き回る癖《くせ》がある、その日も少し心にかかることがあり、歩いているうちに拝領屋敷《はいりょうやしき》のあるお納戸町《なんどまち》とはお城を挟《はさ》んで反対側の日本橋まで来ていたのだった。

駄菓子屋の前を通りかかった公明に、若者と店のおやじとのやり取りが聞こえた。

「この大きい飴はいくらだい」

「へえ、一個二文《もん》です」

「じゃあ、この小さいのは」

「へえ、こっちは三個一文で」

「そう……」

ちょっと間《ま》を取ったかと思うと、

「じゃあ、大きいのを四十、小さいのを六十おくれ」

百文で百個の飴を買っている。

(おもしろいな。偶然《ぐうぜん》かな)

公明が思っていると、

「九十九文しかありませんよ。まあ、一文はおまけしておきます」

店の者が言っている。すると、

「いやだね」

驚《おどろ》くほどはっきりとした拒絶《きょぜつ》だ。

「は？」

「おまけはいやだ」

「では、大きいのは四十個のままで、小さいのを五十七個に減らしますか」

「それもいやだ」

「なら、どうしたら」

「こっちはいくらだい」

今買った小さい方の飴の隣《となり》の飴を指差した。

「そっちは五個で一文ですが」

「じゃあ、大きいのを四十四個、それからこっちはやめにして、そっちを五十五個おくれ」

「へえ一個二文のが四十四個で八十八文、五個で一文のが五十五個で十一文合わせて……驚いた、九十九文だ」

若い男は、無表情で飴を受け取ると、帰っていった。

大きい飴　1個2文

小さい飴の隣の飴　5個1文　（1個 $\frac{1}{5}$ 文）

99個を99文で買う場合

❶ 個数から求める方法

1個2文の飴が 99個なら　　198 − 99 = 99文 **99文多い**

1個2文の飴5個と、5個1文の飴5個を1回交換すると
個数は99個のまま

$2 \times 5 - \frac{1}{5} \times 5 =$ **9文ずつ安くなる**

99文減らすために交換する回数は　99 ÷ 9 = **11回**

5個1文の飴の個数　11 × 5 = **55個**

1個2文の飴の個数　99 − 55 = **44個**

❷ 値段から求める方法

5個1文の飴を 99文分買った時の個数は　　99 × 5 = 495 個

495 − 99 = 396個 **396個多い**

1個2文の飴1個の値段 = 5個1文の飴10個の値段　だから
これらを1回交換すると値段は99文のまま

10 − 1 = 9 **9個減る**

396個減らすために交換する回数は　　396 ÷ 9 = **44回**

1個2文の飴の個数　1 × 44 = **44個**

5個1文の飴の個数　99 − 44 = **55個**

または　495 − 10 × 44 = **55個**

百鶏算《ひゃっけい》①

大きい飴《あめ》　1個2文《もん》

小さい飴　3個1文　(1個$\frac{1}{3}$文)

100個を100文で買う場合

❶ 個数から求める方法

1個2文の飴が100個なら　200 − 100 = 100文　**100文多い**

1個2文の飴3個と、3個1文の飴3個を1回交換《こうかん》すると
個数は100個のまま

$2 \times 3 - \frac{1}{3} \times 3 =$ **5文ずつ安くなる**

100文減らすために交換する回数は　100 ÷ 5 = **20回**

3個1文の飴の個数　20 × 3 = **60個**

1個2文の飴の個数　100 − 60 = **40個**

❷ 値段から求める方法

3個1文の飴を100文分買った時の個数は　100 × 3 = 300個

300 − 100 = 200個　**200個多い**

1個2文の飴1個の値段 = 3個1文の飴6個の値段　だから
これらを1回交換すると値段は100文のまま

6 − 1 = 5　**5個減る**

200個減らすために交換する回数は　200 ÷ 5 = **40回**

1個2文の飴の個数　1 × 40 = **40個**

3個1文の飴の個数　100 − 40 = **60個**

または　300 − 6 × 40 = **60個**

その姿を見送りながら、

「もう飴をなめる年でもないだろうに。やっぱり変わってるぜ。伊勢屋《いせや》のぼっちゃん」

店のおやじがひとりごちた。


（偶然じゃなかったな）

公明はなぜか、うれしくなった。

百文で百個の飴を買おうとした時は、切りのいい数字だし偶然かなと思った。しかし、一文足りないと言われて、買う飴を変えてまで、九十九個の飴を買った。完全に意図している。算術、百鶏算《ひゃっけいさん》の実践だ。

決して難しいものではないが、算術が好きでないと、やってみようとは思わぬことだ。支配勘定役というお役目柄《がら》、いやお役目を離《はな》れても、算術好き、いっぱしの算術家と自他ともに認める公明は、年の近い同好の士を得た思いだった。

それから公明は、この駄菓子屋の前を通る時にはいつも、いや違う。時間のある時はいつもこの駄菓子屋の前に来る。そして期待を込《こ》めて店の中を覗くようになった。

非番《ひばん》の今日、

さてと、ちょっと歩いて考えをまとめてくるか。

自分で自分に言い訳をして、駄菓子屋の前に来ているのだった。

（三）

（ん、あれは、山口公明《やまぐちきみあき》ではないか）

見廻《みまわ》り中の塚本忠吉《つかもとただよし》は、駄菓子屋《だがしや》を覗《のぞ》いている公明の姿を見かけ、歩みを止めた。

忠吉と公明は、神道無念流《しんとうむねんりゅう》・永原《ながはら》道場で同門の仲だった。

同門といっても、若手随一《ずいいち》の使い手で、間もなく皆伝《かいでん》を授けられるだろうと噂《うわさ》される忠吉に対して、五年目の去年、やっとお情けの切紙《きりがみ》を得た程度の公明。

忠吉は何年も同じ道場に通いながら、公明とは言葉を交わすことはなかった。だが、早くから顔と名前は覚えていた。剣《けん》の腕前《うでまえ》はからっきしだが、算術に秀《ひい》でたちょっと変わった奴《やつ》がいると聞いて、

（どんな奴だろう）

と、興味を持っていたのだった。

その公明が、駄菓子屋を覗いているのだ。

（何をしているのだろう）

忠吉が不思議に思うのももっともなことだ。

立ち止まった忠吉は、しかし、それからどうするか決められないでいた。声を掛《か》けるにも、どう声を掛ければいいのか、そもそも同門の二歳《さい》下の後輩《こうはい》だがまともに話したことのない公明を何と呼べばいいかさえもわからない。

そうこうしているうちに、駄菓子屋から若い男がひとり出てきた。

その男を見て、忠吉は近くの路地に入り身を潜《ひそ》めた。

駄菓子屋から出てきた若い男、それは忠吉の従弟《いとこ》、伊勢《いせや》屋の次男、幸次郎《こうじろう》だったのだ。

なぜそんなことをしたのか、忠吉は自分でもよくわからない。幸次郎と顔を合わせたくないからか、それとも公明に、幸次郎と従兄弟《いとこ》だということを知られたくないからか……。

㈢

路地から幸次郎を見送っていた忠吉の目の前を、公明が横切っていく。見ると、明らかに幸次郎のあとを尾行《つけ》ているようだ。

(なんで山口公明が幸次郎のあとを……幸次郎の奴、駄菓子屋で何かやらかしたか。それにしては、店の者が知らん顔というのはおかしいし……)

考えながら忠吉は、幸次郎のあとを尾行る公明の、そのまたあとを尾行ていった。

やがて伊勢屋の前に行き着き、幸次郎は、中に入った。それを少し離《はな》れたところから見届けた公明が、踵《きびす》を返したその時、

「あ」

後ろにいた忠吉と目が合った。

「やあ」

忠吉は、曖昧《あいまい》に微笑《わら》い掛け、

「見廻りの途中《とちゅう》でな」

言い訳がましく言い、

「山口くんは、今日は非番《ひばん》?」

妙《みょう》に愛想《あいそ》よくなっている自分を気持ち悪く思いながら、公明に言葉を掛けた。

「あ、塚本さん。え、え、私の名前、覚えていただいているんですか？」

道場で若手一の使い手の忠吉から名前を呼ばれたことで公明は、感激しきりのようだ。

そんな公明を前に、

（幸次郎のことには触《ふ》れないでおこう）

そう、忠吉が思った時、

「お前なんか、いなくなってしまえ！」

伊勢屋の中から、若い女の叫《さけ》び声が聞こえたかと思うと、今入っていった幸次郎が、転がるように出てきた。そのあとを泣き叫びながら、伊勢屋の一人娘《ひとりむすめ》おきみが、追ってきて手に持った飴《あめ》を幸次郎にぶつけている。

店の者が慌《あわ》てて、おきみを止め、また別の者が幸次郎を庇《かば》った。おきみは泣き崩《くず》れ、幸次郎は、相変わらず無表情だ。

伊勢屋の主《あるじ》・幸兵衛《こうべえ》と咲《さき》が慌てた様子で出てきた。そして少し遅《おく》れて、武士が二人。その二人を見た忠吉は、伊勢屋で何が起こったのか、大方の見当がついた。

その二人、一人は、田宮弥平《たみややへい》。おきみと恋仲《こいなか》の弥太郎《やたろう》の父親だ。そしてもう一人は、忠吉の父・忠道《ただみち》だった。

察するに、息子弥太郎と伊勢屋の娘おきみが恋仲であることを知った弥平の耳に幸次郎の噂《うわさ》が入ったのだろう。自分でもいろいろ調べたに違《ちが》いない。

(そんな弟のいる娘を我が家の嫁《よめ》にするわけにはいかない)

弥平は、そう判断したようだ。

伊勢屋の内儀《おかみ》の兄である、昔の同役の忠道に打ち明け、断りの訪問に同道を願ったということだろう。

もちろん、おきみを同席させるなどという残酷《ざんこく》なことはしなかったはずだ。が、訪ねて来た伯父《おじ》たちの様子に、おきみも大方のことは察したのだろう。

(どんな思いをしていただろう)

忠吉はおきみのことが不憫《ふびん》だった。

そこへ折悪《おりあ》しく、幸次郎が帰ってきた。買い求めた飴を、おきみに分け与えでもしたのだろうか。

幸次郎に悪気はない。

だが、そこで、抑《おさ》えられていたおきみの感情が爆発《ばくはつ》した。

幸次郎の持っていた飴をもぎ取るように奪《うば》うと、

「お前なんか、いなくなってしまえ！」

叫んで、幸次郎にぶつけ始めた。幸次郎は飛んで来る飴を避《さ》けながら表に飛び出した。

ということだろう。

おきみは咲に抱かれるようにして泣きじゃくりながら、奥《おく》へ入っていった。

忠道は妹と姪《めい》の姿を見送って、無言のまま田宮弥平とともに帰っていった。途中忠吉のすぐそばを通ったが、気付いた様子はない。まっすぐ前を見て歩く忠道は、忠吉が見たこともない悲しい目をしていた。

やりきれない気持ちで忠吉は、しばらくその場に佇《たたず》んでいた。

引き上げる店の者の

「お嬢様《じょうさま》もお気の毒に。でもあの坊《ぼっ》ちゃんがいちゃあ、二の足を踏《ふ》む先方様の気持ちもわかりますよ」

そんな声が、的を射ているだけに、余計に空《むな》しく心に響いた。

溜息《ためいき》をつき仰《あお》ぐ初秋の空の青さ高さが、無性《むしょう》に哀《かな》しくやりきれない。

ふと店の脇《わき》に目をやると、目の前の出来事が理解できず、考えるが未《いま》だわからず、少々疲れた様子で立っている公明と目が合った。

(何なんですか、これは)

素朴《そぼく》な疑問を、全く無防備な表情で投げ掛けてくる公明に、忠吉はなぜか、

(話そうか、いや、話したい、聞いてほしい)

という気持ちになっていた。

(四)

(なぜ、初めて話す相手に、幸次郎《こうじろう》のことを、しかもこんなに詳《くわ》しく話しているんだろう)

忠吉《ただよし》は自分の行動が不思議だった。

「ちっと付き合ってくれないか」

何が起こったのか戸惑《とまど》う公明《きみあき》に声を掛《か》け、忠吉は、近くの甘《あま》いもの屋に入った。

「汁粉《しるこ》でいいか」

一応訊《き》いたが、公明の返事を待たずに、

「汁粉、二つ」

と注文した。

そして席につくとすぐ、

「実は伊勢屋《いせや》の女房《にょうぼう》は俺《おれ》の叔母《おば》に当たる」

と自分と伊勢屋とのかかわりから始めて、幸次郎のこと、おきみと田村弥太郎《たむらやたろう》とのこと、さっきの初老の武士二人は、弥太郎の父親と自分の父親であること、おそらく二人は、幸次郎のことで、弥太郎とおきみの仲は許さないと言いに来たのだろう、ということを何らつつみ隠すことなく話していた。


汁粉が運ばれ、食べ始めた。食べながら話し、食べ終わってからもまだ話した。

やがて、長い話が終わった時、今まで黙《だま》って聞いていた公明が、ぽつんと一言言った。

「幸次郎さんのどこが問題なのですか」

「え」

こいつ、俺が話したことを何も聞いていなかったのか。ふわっとした雰囲気《ふんいき》に何か吸い込まれるように洗いざらい話してしまったのに……。何もかも聞いてほしくなるような、あの雰囲気は、全くの俺の勘違《かんちが》いだったのか。

忠吉は腹が立ってきた。

そんな忠吉の気持ちを知ってか知らずか、公明が言葉を足した。

「それだけ一つのことに集中できるってことはすごいことじゃないですか。学問はどうしているのです?」

「学問?」

こいつ、話は聞いてたようだが、何もわかっていない。

忠吉は全身の力が抜《ぬ》ける思いだった。

「学問なんて……会話すらろくにできないんだぜ」

「でも、算術は?」

「算術? 算術なんて……たぶん数もろくに数えられないんじゃないか?」

「そんな……そんなことはないですよ。だって、私、見たんです」

公明は、二十日ほど前、飴屋《あめや》で目撃したことを話した。それからも非番《ひばん》の日ごとに飴屋に覗《のぞ》きに来ること、その度《たび》ごとに目撃することを。

「まさか……」

忠吉は信じられなかった。

「そんなのは偶然《ぐうぜん》が重なっただけ。君はいつも算術のことを考えているから、何でも算術と結びつけて考えてしまうんだ」

忠吉がそう言うと、公明が、

「そんなら、自分の目で確かめてみてはいかがですか」

と言う。

忠吉は明日、飴屋を覗いてみることにした。

（五）

（どう考えればいいのだろう）

昨日《きのう》と同じ甘《あま》いもの屋で、昨日と同じように、山口公明《やまぐちきみあき》と二人で汁粉《しるこ》を食べながら、忠吉《ただよし》はどうにも納得できない思いでいた。

今朝《けさ》、忠吉は、昨日公明に教えられた飴屋《あめや》に出向いた。そこにはもう公明が来ていて、二人して幸次郎《こうじろう》の、公明が言う「百鶏算《ひゃっけいさん》の実践《じっせん》」を目《ま》の当たりにした。

今日の幸次郎は、一個二文《もん》の飴四十二個と四個一文の飴五十六個を買った。合わせて九十八個九十八文だ。

忠吉は、自分が公明に説明されても、正直、すっきりとわかったとは言い難《がた》い百鶏算とかいうものを、あの幸次郎が理解しているなど到底《とうてい》信じられなかった。しかし、では今、自分の目で見た光景はどう説明すればいいのか。

忠吉は、ひどく戸惑《とまど》っていた。

「あまり難しいものではないけれど、でも、あれだけ早く暗算ができることだけでも、幸次郎さんは、塚本《つかもと》さんが考えているような、『困った人』ではないと思います」

向かいに座った公明が熱を込《こ》めて断言するのを聞いていると、忠吉も、そんなものかと思えてくる。

「でも、百鶏算ができたところで、どうなるというのだ。毎日、飴を買っているだけじゃあないか」

忠吉がそう言うと、

「田宮家《たみやけ》の人たちに、いや、伊勢屋《いせや》のみなさんにも、幸次郎さんが、みなさんが

百鶏算《ひゃっけいさん》②

1個2文《もん》の飴《あめ》　4個1文（1個 $\frac{1}{4}$ 文）の飴

98個を98文で買う場合

❶ 個数から求める方法

1個2文の飴が98個なら　196 − 98 = 98文　**98文多い**

1個2文の飴4個と、4個1文の飴4個を1回交換《こうかん》すると
個数は98個のまま

$2 \times 4 - \frac{1}{4} \times 4 =$ **7文ずつ安くなる**

98文減らすために交換する回数は　98 ÷ 7 = **14回**

4個1文の飴の個数　14 × 4 = **56個**

1個2文の飴の個数　98 − 56 = **42個**

❷ 値段から求める方法

4個1文の飴を98文分買った時の個数は　98 × 4 = 392個

392 − 98 = 294個　**294個多い**

1個2文の飴1個の値段 = 4個1文の飴8個の値段　だから
これらを1回交換すると値段は100文のまま

8 − 1 = 7　**7個減る**

294個減らすために交換する回数は　294 ÷ 7 = **42回**

1個2文の飴の個数　1 × 42 = **42個**

4個1文の飴の個数　98 − 42 = **56個**

または　392 − 8 × 42 = **56個**

思っているような『困った人』ではないとわかればいいんですよね。何かの役に立てばいい。少し時間をいただけませんか、考えてみます」

公明は、自信ありげにそう言って、にっこりと微笑《ほほえ》んだ。

(六)

(どうしようか)

公明《きみあき》は、未《いま》だ蒸し暑さの残る町を歩いていた。ときどき、涼《すず》やかな秋の風が頰《ほお》を撫《な》でていくが、今の公明には、それを気持ちよいと思える余裕《よゆう》はない。

忠吉《ただよし》の前で、任せておけと胸をたたいてから、三日が過ぎていた。

忠吉には、さも自信ありげに、「考えてみます」などと言ってはみたが、実は、あの時、公明には何の考えもなかった。ではなぜあんなことを言ったのか。それは、忠吉の役に立ちたい一心からだった。

今までろくに話もしたこともない忠吉のために、どうして、そこまで思うのか。まともに考えると不思議なことだ。でも公明にはそんなことさえ、頭に浮《う》かばなかった。

公明は感動していた。

あの、道場で若手一と謳《うた》われる塚本《つかもと》忠吉が私に声を掛《か》けてくれた。私の名前を覚えていてくれた。そして、自分の悩みを私に、私ごときに打ち明けてくれた。

（これは、何が何でもお役に立たなければ）

少々大袈裟《おおげさ》なようだが、掛け値なしの公明の気持ち、手の届かない雲の上の憧れの人への、純な少年の思いなのだ。

だから、この三日間、お役目以外の時間は、「どうしたら幸次郎《こうじろう》さんを『困った人』ではないと皆に納得させられるか」そればかりを考えて過ごしている。お役目中もふと気付くと、そのことを考えてしまっている。そしてお役目が終わった後、例のごとく、江戸《えど》の町を歩き回っているのだった。

そんな公明を見ても、周りの誰も不思議になど思わない。

「また、算術の難問を考えているな。物好きな奴《やつ》だ」

と苦笑するだけだった。

今日は一日非番だった。

公明は朝食を済ませ、家を出た。

例によってどこへ行くという当てはない。足の向くまま気の向くまま、否《いな》、気は「どうしたら幸次郎さんを『困った人』ではないと皆に納得させられるか」この問題に向いている。

（これは今まで解いた算術のどの難問より難しいぞ）

と思い佇《たたず》んだのが、日本橋《にほんばし》の橋の上。

そこで後ろから、

「算術の旦那《だんな》」

と声を掛けられた。振り向くと、岡持《おかも》ちを下げた、目つきの鋭《するど》い男が、人相とは似合わぬ笑顔で立っている。

「あ、五郎太《ごろうた》さん」

公明が笑顔を返すと、

「え、あっしのこと、覚えていてくださったんで。しかも名前まで」

五郎太が本当にうれしそうに相好《そうこう》を崩《くず》す。

この五郎太、何を隠《かく》そう泥棒《どろぼう》だ。いや、泥棒だった。算術好きというちょっと変わった親分の下《もと》、上方《かみがた》で盗みを働いていた。その親分が、寄る年波で隠居《いんきょ》を思い立った時、子分五人の分け前を、算術の「譲《ゆず》り算」で示して寄越《よこ》した。子分はわからず困っていたが、町で見かけた公明を、拉致《らち》同然に連れ込んで、計算させたのだった。

それから五人は、親分ももう隠居したんだからと、その金を元手にそれぞれ堅気《かたぎ》の仕事についた。五郎太は小さな一膳《いちぜん》めし屋を開いたらしい。が、それは公明の知らぬこと。

「その節は、どうも」

五郎太が腰を低くして、頭をかいた。

「誘拐《ゆうかい》同様に、連れて行っちまって……」

「ほんとにそうでしたね。肝《きも》を潰《つぶ》しましたよ。まあ、でも、私みたいなもの誘拐しても、大枚《たいまい》の身代金《みのしろきん》は取れませんけどね」

そう答えた公明が、

「あっ」

と叫んで、何が起こったのか怪しむ五郎太の腕をつかみ、

「折り入って、お願いがあります」

有無を言わさず、引っ張っていった。

（七）

日暮れ前から雨になった。

この時期、一雨ごとに季節が進む。この雨が上がったら、またひとつ、秋の気配《けはい》が深まるだろう。

山口公明《やまぐちきみあき》が日本橋の橋の上で元泥棒《どろぼう》の五郎太《ごろうた》と出会ってから、さらに二日が経っていた。

忠吉《ただよし》は幸次郎《こうじろう》やおきみのことが気になりながらも、何の案もなく、伊勢屋《いせや》から足が遠退《とおの》いていた。

その日、もうかれこれ六つ半（午後七時）という頃に、

「おきみが朝出かけたきり、暮れ六つ（午後六時）を過ぎた今になっても戻ってこない」

という知らせを受けた忠吉《ただよし》は、伊勢屋へと急いだ。

伊勢屋へ着くと、奥の座敷で、幸兵衛《こうべえ》と咲《さき》がおろおろと待っていた。いつもは

どっしりと大店《おおだな》の主然《あるじぜん》と構えている幸兵衛も、凛《りん》とした武家育ちを大店の女房のおおらかさで包んでいる咲も、今は見る影もない。そばには、おきみの兄の清太郎《せいたろう》も、心配顔で座っている。

「一人で出かけたのですか」

問い掛ける忠吉に、

「おたまを供に連れてってているのですよね」

清太郎が咲に問い掛け、咲が頷《うなず》いた。

おたまは、今年十五になる、おきみ付きの女中だ。

「何の用でどこへ出掛けたのですか」

重ねての忠吉の問にも、

「別に当てはなく、少し外を歩いてくるって……そうでしたよね」

清太郎が答え、また母親に同意を求める。

咲はそれにも頷いて応《こた》えたが、さっきとはどことなく様子が違った。それに気付いて、

「叔母上《おばうえ》、何か気になることでもありますか」

忠吉が静かに問うた。

（七）

「ええ……。ときどきおたまを、近くの団子屋に待たせておいて、田宮《たみや》様と逢《あ》って
いたようなのです」

「え、それは本当かい」

忠吉が何か言う前に、幸兵衛が驚いた様子で妻に訊《き》いた。どうやら初耳だったら
しい。

「では、駆《か》け落《お》ち」

思わず口をついた忠吉の言葉に、その場の者たちが、ぎょっとしたその時、廊下《ろうか》
をバタバタと走る音がしたと思うと。番頭の佐平《さへい》が、

「おたまが帰ってまいりました」

そう言って、座敷《ざしき》前の廊下《ろうか》に座り、泣きじゃくるおたまを座らせた。

「おたま、泣いてちゃ何もわからない。旦那《だんな》様、お内儀《ないぎ》様に、何が起こったのか。

お話し申し上げなさい」

佐平に促《うなが》され、おたまが、しゃくりあげながら話した「事」の経緯はこうだ。

いつものように、おたまを呉服橋《ごふくばし》のたもとにある団子屋に待たせて、おきみはひ
とり、橋を渡って行ったそうだ。

そして、およそ二刻《ふたとき》(四時間)、もういいかげん戻《もど》って来る頃《ころ》とおたまが思っていた時、団子屋に一人の若い男が入ってきたという。年の頃は二十歳前後、堅気《かたぎ》の姿《なり》はしているが、目付や物腰《ものごし》などで、おたまにも只者《ただもの》ではないとわかったそうだ。

その若い男が、真《ま》っ直《す》ぐに近づいて来て、おたまの耳元でつぶやいた。

「伊勢屋の女中、おたまだな」

おたまが頷くと、さらに声を落として、

「おきみは預かった。恋しい八丁堀《はっちょうぼり》の旦那も一緒《いっしょ》だ。帰ってこの文《ふみ》を旦那さんとお内儀さんに見せるんだ。わかっているだろうが、途中どこへも寄っちゃならねえ。誰とも口をきいちゃならねえ。いいな。もしそれを違《たが》えた時にゃあ……」

そう言って、懐《ふところ》に呑《の》んだ匕首《あいくち》をおたまにだけ見えるように一寸《いっすん》ばかり抜いて見せた。

驚いて、おたまは駆け出した。伊勢屋目指して一目散《いちもくさん》に。途中何も考えられなかった。

早仕舞いした伊勢屋の店に飛び込んで、何事かと驚く番頭の佐平に、

「お嬢《じょう》様が……」

それだけ言うと、あとは、

わっ
と、泣き崩れた。

「おたま、文を」

佐平に促されて、おたまは懐から文を出し、忠吉に渡す。受け取った忠吉が、それを幸兵衛に渡した。

「……!」

無言で読んでいた幸兵衛の顔色が変わった。

「お前様」

「お父《とっ》つぁん」

「旦那様」

「叔父上《おじうえ》」

(おきみの、お嬢様の身に何が起こったのですか)

四人が、幸兵衛に無言で問い掛ける。

「おきみが……おきみが、誘拐《ゆうかい》された」

それだけ言うと幸兵衛は、震《ふる》える手で文を忠吉に渡《わた》した。

（八）

（あいつ、やりやがった）
忠吉《ただよし》がそう確信したのは、誘拐犯《ゆうかいはん》からの文《ふみ》を見せられた時だ。文にはこう書かれていた。

おきみと田宮弥太郎《たみややたろう》を預かっている。返してほしかったら、八百両を小判、一《いち》分金《ぶきん》、一朱金《いっしゅきん》、合わせて三千二百枚で用意しろ。ただし、一朱金の枚数は一分金と小判の枚数の合計と等しくなるようにすること。一枚でも違っていたら、二人は無事に返さない。明日、暮れ六つ（午後六時）、それを持って呉服橋《ごふくばし》へ来い。

身代金《みのしろきん》八百両。額自体は、なぜ千両ではないのかという気は少々するが、取り立てて不自然な額ではない。ただ小判、一分金、一朱金、合わせて三千二百枚、しかも一朱金の枚数は一分金の枚数と小判の枚数を合わせた数、などという奇妙な要求は聞いたことがない。

これは百鶏算《ひゃっけい》なるものだと思う。そしてこれを考えたのは、あの算術好きの支配《しはい》勘定役見習《かんじょうやく》い山口公明《やまぐちきみあき》に違いない。

（なんとまあ、大胆《だいたん》な）

忠吉は呆《あき》れる思いだった。

一つ間違えれば、誘拐《かどわかし》の罪で、死罪だ。

今までろくに口を聞いたこともない自分のために、そんなことまでしてくれた。

忠吉は感動していた。

（なんという変わり者か）

そんな言葉で感謝した。

（山口公明、お前の気持ちは受け止めた。あとは俺の役目だな）

忠吉は、大きく息をひとつ吐いた。

（九）

さて伊勢屋《いせや》では、まず、八丁堀《はっちょうぼり》の田宮弥太郎《たみややたろう》の家に知らせを出した。

同心《どうしん》の家だ。知らせていいかどうか迷っている幸兵衛《こうべえ》に、

「役人に知らせるなとは、どこにも書いてありません。知らせましょう」

忠吉《ただよし》が強く言った。

これから皆の前で、幸次郎《こうじろう》に百鶏算《ひゃっけい》を解《と》かせなければならない。幸次郎が役に立つことを認めさせなければならないのだ。弥太郎《やたろう》の父親・田宮弥平《やへい》がその場にいなければ、意味がない。だから、誘拐犯《ゆうかい》の決まり文句、「役人に知らせたら人質の命はない」云々《うんぬん》を、公明《きみあき》は書かなかったに違いない。

弥平がやってきた。奥へ入ってくるなり、

「どういうことだ」

と忠吉に迫る。

「弥太郎がそう簡単に、誘拐されるなど……」

弥平が不審《ふしん》に思うのももっともなことなのだ。弥太郎は忠吉には及ばないとはいえ、かなりの剣の使い手だ。そう易々《やすやす》と賊《ぞく》の言いなりになるとは思えない。

そのことは、忠吉も疑問に思わぬでもなかったが、

（おそらく公明が、素早く事情を説明したのだろう）

そう解釈していた。

でもまさか、弥平にそんなことは言えない。

㈨

「おきみを盾《たて》にとられたんでしょう」

と、とがめるように言ってから、

「それにしても、不甲斐《ふがい》ない」

納得しかねている弥平をおいて、

「叔父上《おじうえ》、金の用意を」

茫然自失《ぼうぜんじしつ》の幸兵衛に言った。

「しかし、これでは、どう用意すればいいのか……」

と、幸兵衛が言うのに、

「そんな指示に従わずとも、そのように見えるものを持っていって、受け渡しの場所で取り押さえればよいではないか」

弥平が怒鳴《どな》った。

まあ、町廻《まちまわ》り同心《どうしん》としては当たり前の言い分だ。しかしそれでは困るのだ。この身代金《みのしろきん》の難問を幸次郎に、みんなの前で解かせなければいけないのだから。

「いえ、人質の身の安全が第一です。犯人の言うとおりにしてください」

忠吉が命令口調で言う。

「何を弱気な」

弥平がさらに反対するのを、

「ここは私の持ち場です。いかに田宮さんといえども。私の指示に従ってください」

大先輩《だいせんぱい》に無礼を承知で言い切った。

「忠吉、田宮さんに何という口のききかたをするんだ。無礼ではないか」

知らせを受けてやってきた、父親の忠道が驚いてたしなめたが、忠吉は頑《がん》として譲《ゆず》らない。

そうしている間にも、伊勢屋では、奥《おく》の座敷《ざしき》に計算の達者な店の者を集めて、身代金の問題を解かせていたが、なかなか解けない様子だった。

さてと、父上も来られたことだし、そろそろ幸次郎にお出まし願うか。

忠吉は、辺りを見回した。すると、お茶を運んでくるおたまと目が合った。おたまは、おたまなりに責任を感じて、何か役に立とうと懸命《けんめい》になっているのだろう。

「幸次郎を連れてきてくれないか」

忠吉が言うと、

「ぼっちゃんをですか」

一瞬《いっしゅん》戸惑《とまど》いを見せたが、何か役に立ちたいが、何をしていいかわからない、とにかく自分のできることは何でもしようと思っているのか、

「はい、ただ今」

と、幸次郎の部屋の方へ足早に歩いて行った。

しばらくして、おたまに先導されて、幸次郎がやって来た。

自分に一礼して下がっていくおたまの後ろ姿を見送って、忠吉は心が痛んだ。

が、それは一瞬だった。忠吉には今から、大事な役目があるのだ。

(なあに、明日の暮れ六つには、おきみは無事に帰ってくる。おたまに辛《つら》い目をみせるのは、その時までだ。今は幸次郎に、身代金の問題を解かせることだ)

そう思い切り、忠吉は、おたまに連れてこられたまま、ぼおっと、座敷の入り口に立っている幸次郎に、誘拐犯からの文を示し、

「これ、わかるか」

と、聞いてみた。

だが、幸次郎は、無表情のまま文を見ようともしない。

幸次郎が、興味を示さない。

なぜだ。

（やはり、あれは公明の勘違いで、幸次郎は算術などできはしないのではないか）

でも、忠吉は、飴屋《あめや》で確かに見た。幸次郎が個数と金額は同じになるように、飴を買うのを。

（飴、そうか、飴に置き換えればいいのかも知ない）

忠吉は思いついた。

（小判と一分金《いちぶきん》、それに一朱金《いっしゅきん》、これは飴か。合わせて三千二百枚。ということは、三色の飴を合わせて三千二百個買うということか。金額が八百両。うん？　個数と金額が違うじゃないか。どういうことだ）

そこで、忠吉は行き詰《づ》まった。

（わからない）

考えあぐねている忠吉の耳に、

「あーあ、一分金だけなら、三千二百枚なんだがな」

これまた考えあぐねた一人の手代《てだい》の声が聞こえた。

うん？　一分金だけなら三千二百枚だって？

（そうか、金額は八百両ではなくて、三千二百分と考えるのか）

小判は四分、一分金はもちろん一分、一朱金は四枚で一分だ。

できた。飴に置き換えた百鶏算の問題が。

「一個四文の飴と一個一文の飴と四個一文の飴を合わせて三千二百個買って三千二百文にしたい時、飴はそれぞれ何個ずつ買えばいいんだ、幸次郎」

訊《たず》ねる忠吉に、

「もっと決め事がなければ、決まらない」

いとも簡単に、幸次郎が答えた。

（えっ）

忠吉はもう一度、誘拐犯からの文を読んだ。

（ああ、そうだった）

一朱金の枚数は、小判と一分金の合計と同じとあった。

「小さい飴の個数は、真ん中の大きさの飴と大きい飴を合わせた個数と同じだ」

忠吉の言うのを聞いた幸次郎は、ほんの少しの間、考えていたと思うと、一瞬楽しそうな表情を見せ、

「大きいのが四百、真ん中が千二百、小さいのが千六百だ」

答えて、またいつもの無表情に戻った。

小判が四百枚で四百両、一分金千二百枚で三百両、一朱金千六百枚で百両。合計八百両。

合っている。

「幸次郎、ちょっと聞こえにくかったので、すまんが、もう一度言ってくれ」

忠吉が、その場の皆《みな》に聞こえるように声を張り上げた。

皆、それで初めて、そこに幸次郎がいたことに気がついたようだ。

「大きいのが四百、真ん中が千二百．小さいのが千六百だ」

皆、何のことかわからず、ぽかんとしている。

番頭の佐平が、いち早く我に返ると、算盤《そろばん》を取り出して、

「えーと、小判が四百枚で四百両、一分金千二百枚で三百両、一朱金千六百枚で百両。合計八百両。合ってる。できた！　旦那様、できました。できましてございます」

大声で叫んだ。

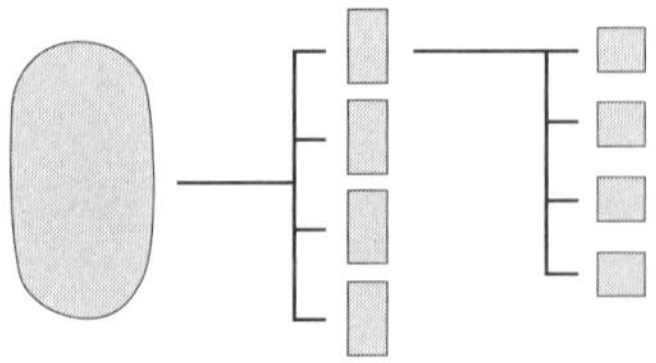

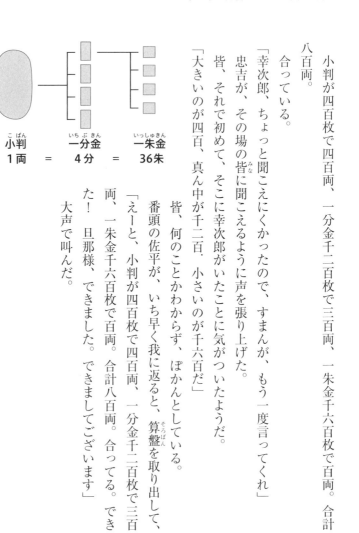

(九)

800両を小判・一分金・一朱金合わせて 3200枚 小判の枚数 ＋ 一分金の枚数 ＝ 一朱金の枚数

800両 ＝ 3200分　　3200分 ＝ 一分金 3200枚

小判の枚数＋一分金の枚数＋一朱金の枚数＝3200枚

＝一朱金の枚数＋一朱金の枚数
＝一朱金の枚数 × 2 ＝3200枚　なので

一朱金の枚数＝3200÷2＝1600枚
1600朱＝1600 ÷ 4 ＝400分＝400 ÷ 4 ＝100両

一朱金の枚数＝ **1600枚**　一朱金の金額＝ **100両**

残り　700両＝2800分
これを小判と一分金を合わせて1600枚にしたい
2800分をすべて一分金で用意すると 2800枚
2800 − 1600 ＝1200枚　**1200枚多い**

小判１枚＝一分金４枚　だから
これらを１回交換すると合計700両のまま
4 − 1 ＝ 3　**３枚減る**

1200枚減らすために交換する回数は　1200 ÷ 3 ＝400　**400回**

小判の枚数	1 × 400＝	**400枚**	＝	**400両**
一分金の枚数	2800 − 4 ×400＝	**1200枚**	＝	**300両**
一朱金の枚数		**1600枚**	＝	**100両**

（十）

「本当にいいのか」

八丁堀《はっちょうぼり》の近くにある居酒屋の、一番奥《おく》の席で塚本忠道《つかもとただみち》が、向かいに座った田宮《たみや》弥平《やへい》に酒を注ぎながら訊《き》いた。

誘拐《ゆうかい》騒ぎから半月がたったその日、

「一杯《いっぱい》やらんか」

忠道は弥平に誘《さそ》われた。


半月前の誘拐騒ぎは、身代金《みのしろきん》受け渡しの場所に犯人は現れず、代わりに、おきみと弥太郎《やたろう》が無事な姿で立っていた。

人質が無事戻り、身代金も奪《うば》われなかった。

「事を公にしても、誰も何も得しない」

忠吉が強く主張し、なかったことにしてしまった。

「もともと、おきみさんには何の不足もないのだし」

弥平は言い、徳利《とっくり》を取り、忠道の盃《さかずき》に酒を満たした。

「だが、幸次郎《こうじろう》のことは……今度の騒ぎで、あれに、意外な才があることはわかったが、さりとて、どうなるものでもない」

「ああ、そうだな。だがな、おぬしの倅《せがれ》の気持ち、無にはできんだろう」

「え」

「おぬしも気付いているのだろう」

「この度の誘拐、忠吉が一枚かんでの狂言《きょうげん》だ。とは思うが、あやつに算術の才などあるとは思えん。それをどう考えれば良いのか……」

「昨日《きのう》やっと弥太郎が吐きおった」

「おぬしの倅も、承知の上だったのか」

「いや、誘拐される時に、犯人から聞かされたそうだ」

弥平は、ここ半月、弥太郎を問《と》い質《ただ》し続けたらしい。初め知らぬ存ぜぬだった弥太郎だが、優しく気弱なところがある倅の攻め所を心得ている父親の前に、昨日、ついに陥落《かんらく》した。

弥平は、弥太郎から聞き出したこと、誘拐を企《くわだ》てたのは、忠吉と同じ道場に通う、支配勘定役見習《しはいかんじょうやく》いの山口公明《やまぐちきみあき》という者で、おたまに文《ふみ》を渡したのは、公明の知り合いの五郎太《ごろうた》という元泥棒《どろぼう》だということを、忠道に話した。

「山口公明という名前、忠吉の口から聞いた記憶がない。それほど親しい友とは思えん。それに、その五郎太という男は、忠吉とは面識がないというではないか、何でそこまでしてくれるのだ」

忠道としてはもっともな疑問だ。

「倅も不思議に思って、二人に別々に訊いてみたらしい。そうしたら……。自分の名前を覚えていてくれたから。だそうだ。道場で若手一の使い手の塚本忠吉が、五年通ってお情けの切紙《きりがみ》をもらっただけの自分ごときを。また、算術に長《た》けたお侍《さむらい》が、元泥棒の自分ごときを。ってな」

「それだけのことでか」

「そうだ。それだけのことでだ。だが、それを聞いて、何か気持ちが晴れやかになってな。若者の真《ま》っ直《す》ぐで純な気持ち。ついぞ忘れていた。幸次郎殿《どの》のことにこだわっていた自分が、つまらん年寄りに思えた」

「そうか」

それから、父親ふたりは無言で飲み続けた。

(幸次郎のような弟がいる娘を倅の嫁にするわけにはいかん)

(おきみにはかわいそうだが仕方がないか)

二人がそう思っていた時から、状況は何も変わっていない。

だがあの誘拐騒ぎは弥平に、若者の純な気持ちを思い出させた。もちろんそんな気持ちに戻ることはない。だがそれに触《ふ》れて心地《ここち》よかった。そして弥平の中の何かが変わったのだ。

「そろそろ帰るか」

「ああ」

居酒屋を出て家路を辿《たど》る二人の背中を、雲間から顔を出した仲秋《ちゅうしゅう》の名月が、優しく照らしていた。

第三章

山口兄弟 ――それぞれの文武《ぶんぶ》

（一）

時の鐘《かね》が遠く響《ひび》いた。

（七つ〈午後四時〉か）

山口公明《やまぐちきみあき》は、病み上がりの重だるい身体《からだ》で障子《しょうじ》にもたれかけ、庭に咲く竜胆《りんどう》の花をけだるそうに眺《なが》めた。

一昨日《おととい》の夕方、役所からの帰り道、公明は、ぞくぞくと背中に寒気《さむけ》が走るのを感じた。

（風邪《かぜ》でもひいたかな。早く帰ってゆっくり休もう）

と思いながら歩を進めるが、何かふわふわとして身体に力が入らない。どうも熱が出てきたようだ。帰宅して玄関で、迎えてくれた母のマスに、

「またですか」

と、溜息《ためいき》をつかれるまでもなく、自分でも、

（またか）

と思う。

（一）

生来《せいらい》病弱な公明は、季節の変わり目には決まって熱を出す。子供の頃《ころ》からの年中行事みたいなものだ。

「なあに、大人になれば丈夫《じょうぶ》になるさ」

という父祐助《ゆうすけ》の言葉に励まされ、時を過ごして早十数年、公明は今年十七歳になる。まだ心身ともに成長しきった大人とは言えないかもしれないが、背丈は祐助と変わらぬほどになった。元服《げんぷく》も済み、見習いながらお役目にもついている。もうそろそろ、丈夫になる兆《きざ》しくらいは見えてもよさそうなものだが、相変わらずこのありがたくない年中行事は続いている。

熱のある長男を迎え入れたマスは、手早く部屋に布団《ふとん》を敷《し》き、娘の勝《かつ》に手伝わせて粥《かゆ》の用意をした。てきぱきと手慣れたものだ。

そして昨日《きのう》一日寝込んだ公明は、今朝《けさ》になると熱も下がり、昼飯は皆と同じものを食べた。これまでは二、三日寝込むことが常だったのだが。これが、

（もしかすると「大人になれば丈夫になる」兆しなのかもしれない）

と、希望的に考えたりもする。

（花はこんなにきれいなのに、なぜ、根はあんなにまずいんだろう）

公明は、昼食の後に、

「もう一度、飲んでおきなさい」

と飲まされた薬湯《やくとう》のまずさを思い出しながら、少し恨《うら》めしそうに青紫《あおむらさき》の花を見つめるのだった。

トコトコトコトコ

軽やかな足音とともに、

「兄上ぇ」

と、やってきたのは四歳違いの弟、一《はじめ》だ。次男なのに「一」という名は少々奇妙《きみょう》なのだが、生まれたのが天保《てんぽう》十五年の一月一日。年の初めに生まれたから「一」。なんとも安易な命名だ。

その一が、立っている公明を見て、

「もう、お熱は下がったのですか」

と訊《き》いた。

「ああ、もう大丈夫だ。心配かけたな」

公明がそう応《こた》えてやると、

「ああよかった」

一は心底安心したように言い、うれしそうに笑ってみせる。

(かわいい奴《やつ》だ)

公明は、十三歳という齢《よわい》にしては小柄《こがら》で幼い弟に微笑《ほほえ》みを返した。

「父上はもうお帰りか」

と、公明が尋《たず》ねると、

「はい。早々と」

と、一が応える。なにか、どことなく嫌《いや》そうだ。

そんな弟の様子を見て取った公明は、

「どうした。またお勝と喧嘩《けんか》して、父上に叱《しか》られたのか」

と、尋ねた。

公明には、一との間に二つ違いの妹勝がいる。一にとって姉である勝は、公明が、

(何故《なにゆえ》、父上は我が娘にこんな名前をお付けになったんだろう)

と思うほど、名前のとおり気が強く男勝りな性格で、弟のかわいがり方もまるで兄のようだ。何かとちょっかいをかけては、それにまともに応じる一と、二人してじゃれあっている。そして、そのじゃれあいの度が過ぎると、

「嫁《よめ》入り前の娘が」

とか、

「女子《おなご》相手に」

などと、祐助の雷《かみなり》が落ちるのだ。

今も一の反応を見て、公明はそう思ったのだった。

しかし、一は、

「姉上と喧嘩なんかしておりませぬ」

と、首を横に振《ふ》る。

そういえば、じゃれあう二人の物音も祐助の怒鳴《どな》り声も聞こえなかった。

「うん？」

（では、どうしたのだ）

という気持ちを込めて、公明は弟を見つめた。

無言で問われた一は、これまた無言で、懐《ふところ》から何やら書付《かきつけ》を取り出して、公明に差し出した。

「うん？」

（何だ）

公明が見ると、そこには祐助の字で、算術の問題が書かれてあった。

五人が十里の道を行くのに、馬は四頭しかいない。五人が同じ道のりずつ馬に乗るには、どのように乗ればよいか。


「これを解けと言われたのか」

公明が尋ねると、一は黙って首肯《しゅこう》する。

(簡単な問題だな)

公明は思った。

ごくごく初歩の馬乗り算だ。

公明なら、この程度の問題は、誰に教わるまでもなく、七つか八つくらいの時に苦もなく解いたものだ。しかし目の前の様子を見ると、一はそうではないらしい。

「お前、解けないのか」

公明は、意外な思いで尋ねた。一は申し訳なさげに小さく首肯して、

「だって……」

と、何か言いかけて口ごもる。

「うん？」

公明が優しく先を促《うなが》すと、

「これだけでは、五人がどんな人たちかわからないです」

と言うではないか。弟の思いもよらない応えに公明は、

「えっ、お前、今、それ、必要か」

と、つい普段《ふだん》よりも大きな声で尋ねた。

「父上にも同じことを問われました」

と一は言う。祐助にも同じ反応をされたらしい。

（そりゃあそうだろう）

公明には、その時の祐助の様子が目に見えるようだ。

その後一が語った、つい四半刻《しはんとき》（三十分）ほど前の祐助とのやりとりの様子は、次のようなものだった。


「この五人はどういう人ですか。女の人が何人いますか。子供は」

一が祐助に尋ねると、

「はぁ？　それが必要か」

祐助は、一の思いがけない応えに驚《おどろ》き、戸惑《とまど》いながら聞き返した。

「はい、だって……」

一は口ごもっている。

祐助は、

(こいつ、ふざけているのか)

とも思ったが、一の目は真剣《しんけん》だ。どうやら本当に、それを知らなければこの問題は解けないと思っているらしい。

(身近なことになぞらえなければ、算術を考えられない輩《やから》もいるというが、一はそういう輩なのか)

とも思い、

「わかった、わかった。じゃあ、ちょうど五人だから、うちの五人で考えてみろ」

と、安易に一番身近な例を挙げた。すると、

「そういうことなら、話は簡単ですよ。全ての道のりを、私一人が歩けばいい」

と、一は事も無げに応え、

「おいおい、ここに、同じ道のりずつ乗ると書いてあるではないか」

という祐助の指摘《してき》にも、

「そもそも、それがおかしいのです」

と、言ってのける。

「えっ」

（こいつ何を考えている）

思いもよらない一の応えに驚きながらも、とりあえず祐助は、

「どこがおかしい」

と訊くしかない。祐助の問いに一は、

「母上と姉上は女子です。か弱き女子を歩かせて男が馬に乗るなど、武士としてあるまじきこと。それに父上を歩かせて子が馬に乗るなど、人の道に反します。残りの一頭に、兄上と私で五里ずつ乗ろうかとも考えますが、兄上は身体が弱い。算術の問題などをお考えの時は、辺りを歩き廻《まわ》られたりなされますが、五里の道を歩いていただくのは心配です。と考えると、兄上に一里二里歩いていただく手もありますが、それよりも私が十里歩くほうが、面倒《めんどう》がなく簡単です。私なら、十里くらい難なく歩けますから」

と、何の迷いもためらいもなく、すらすらと応えた。

（面倒《めんどう》な算術の問題を解くことを避けるための詭弁《きべん》か）

とも思ったが、どうやらそうではなさそうだ。一の表情を見れば、心の底からそう思っているにことがわかる。

「そうか……、そういう問題ではないのだが……。そうか、うーん」

祐助は、もごもごとそう言うと、その後、黙《だま》って考え込《こ》んでしまった。

そこまで話して一息ついた一に、公明が、

「で、その後、父上は何と仰《おお》せられた」

と訊くと、

「『今日はもうよいから下がれ』と仰せられたので、兄上のお顔を見に来たのです」

と一は応える。難題から解放されたことを無邪気《むじゃき》に喜んでいるようだ。そんな一を見て、公明は、

(気楽な奴だ)

と、ほほえましく思う一方、

(父上は、難題を抱えられたな)

と、祐助の胸中を思いやった。

（二）

祐助《ゆうすけ》は一《はじめ》が出て行ったあと、大きく溜息《ためいき》をついた。

祐助は、迷っていた。

あれは算術の問題、基本的で極めて簡単な馬乗り算だ。

十里の道を五人が馬四頭で行く。

馬四頭だから十里行くうちに五人が馬に乗れる道のりの合計は、四十里。ということは、一人八里ずつ馬に乗れる計算だ。だから五人は二里ずつ順番に歩けばいい。

これが答えだ。

算術を教えるなら、祐助はそう説明し、一に理解させるべきだ。

しかし……

今、一が言ったこと、それを、

「おまえが言うことはもっともだが、今は算術の問題だ」

などと、そんなに簡単に片づけてもいいものだろうか。

実は今、祐助は少なからず感動していた。

末っ子で、兄や姉の同じ年の頃《ころ》に比べて、身体《からだ》も一回り小さく、どこか幼く頼りないと思っていた一が、女子である母や姉をいたわり、父である自分を敬い、病弱の兄を気遣《づか》い、十里の道を自分一人で歩くという。

（いつのまにか、優しく強い男子《おのこ》に育っているじゃないか）

祐助は、満足そうに目を細めた。

長男の公明《きみあき》には、算術の才があった。幼い頃から何も教え

馬乗り算①

10里の道を、5人が馬4頭で行く

同じ距離《きょり》ずつ馬に乗るには、どのように乗ればいい？

5人が10里行くうち、4頭の馬に乗れる距離の合計は

10里 × 4頭 = **40里**

1人あたり馬に乗れる距離は

40里 ÷ 5人 = 8里　**1人8里ずつ**

1人あたり歩く距離は

10里 − 8里 = 80里　**1人2里ずつ**

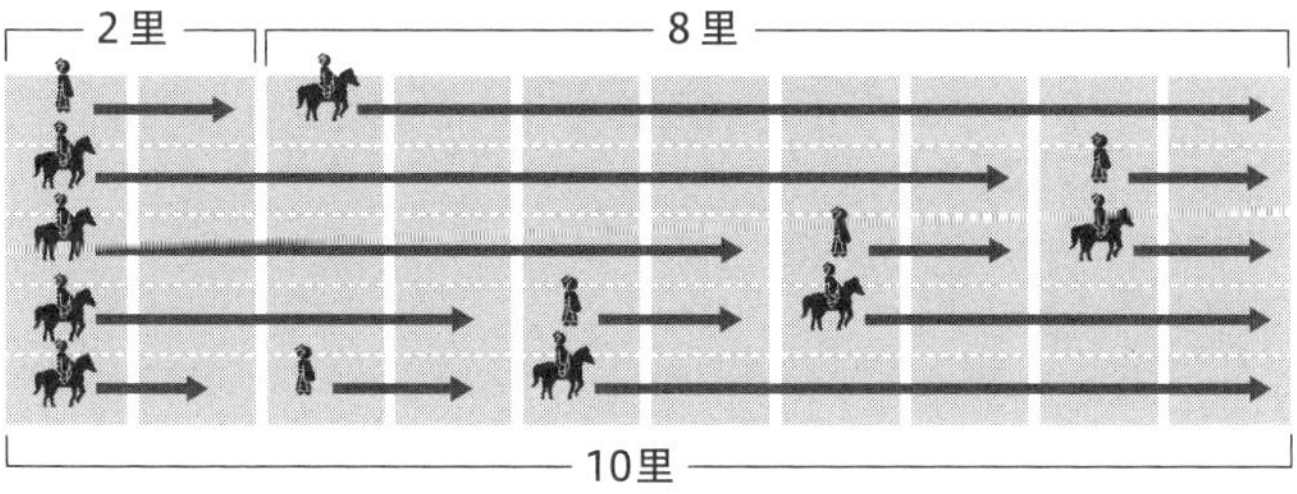

ずとも、ひとりで問題を解いていた。そして今はもう、父親の自分など到底《とうてい》及びもつかぬほどの達者になっている。

一方、次男の一に兄のような才はない。この先、どのような人生が一に用意されているのか、それはまだわからない。しかし、どういう人生を生きるにせよ、勘《かん》定《じょう》所の役人の家に生まれた男子として、否《いな》、二百年以上戦《いくさ》の途絶《とだ》えた平和な時代を生きる武士として、算術の基礎ぐらい身に付けていた方が生きやすすのではないかと思い、手ほどきしようとしたのだが……。

(算術など、できずともよいか)

そう思い、祐助がひとり微笑《ほほえ》んでいると、

「何か、楽しいことでもおありですか」

いつのまにか部屋に入ってきていたマスに声を掛《か》けられた。

「あ、お前、いたのか」

「はい、先ほどから。あまりに楽しそうにお考え事をしておられたので、声を掛けそびれておりました」

そう言われた祐助は、

「そうか、実はな」

と、一とのやりとりを話して聞かせた。

「まあ、一がそんなことを」

マスも感慨《かんがい》深そうだ。一瞬《いっしゅん》目を潤《うる》ませたようにも見えた。だが、女親は男親より現実に戻るのが、数段早いようだ。

「いつもやりあっているお勝を、か弱き女子《おなご》と言いましたか」

と、ケラケラとおかしそうに笑っている。

祐助は、何か感動している自分が笑われているような気がして、少しムッとして、

「何か用があったのではないのか」

と尋《たず》ねた。するとマスは、

「ああ、そうでした」

と、思い出したように言い、威儀《いぎ》を正し、

「旦那《だんな》様、夕餉《ゆうげ》の支度《したく》が整ってございます」

と、三つ指をつき頭を下げた。明らかにふざけている。

(こいつ)

祐助はマスをにらんだが、マスはわざとらしく知らぬ顔だ。そんなマスに、

（いい年をして）

と、呆《あき》れはしたが、

「うむ。大儀《たいぎ》である」

祐助も妻の茶目っ気に付き合い、鷹揚《おうよう》に立つ。そして二人して笑った。二人とも知らぬ間の次男の成長に心が浮《う》き立っていた。

（三）

二日ぶりに家族と一緒《いっしょ》に夕餉《ゆうげ》をとった公明《きみあき》は、祐助《ゆうすけ》に、

「話がある」

と、部屋に呼ばれた。

「実は、今日、一《はじめ》に……」

座るや否《いな》や話し始める祐助を、公明は、

「あらかたのことは聞いています」

と制した。

「そうか」

と応《こた》えた祐助が、

「どうしたものか」

と、公明に言うとはなく、つぶやいた。

夕食前、一の成長を喜び、

(算術などできずともよいか)

と、思い切ったはずの祐助だが、今また、冷静になって考えると、

(算術は、考え方の基礎《きそ》だ。算術そのものは生き方によって、それほど必要のないということもあろうが、考えるよすがとして、やはり算術を学ぶことは必要なのではなろうか)

という迷いが出てくるのだ。

父親の迷いに気付かぬ態《てい》で公明が、

「勘定所《かんじょうじょ》の役人の家に生まれたからといって、無理に算術を習わさずともよいのではございませんか。今は一の純粋《じゅんすい》な優しさを大切にすべきかと。そのうち、もう少し年を重ねれば、算術の問題と、現実との区別がつくようにもなりましょう」

と応えると、祐助は、

「そうだな」

と首肯《しゅこう》した。だが、まだ何かもやもやと思いきれないものがあるのだろう、

「しかしお前は、あの程度の問題ならば、まだ十にもならないときに、こちらが何も教えずとも、スラスラと、いともたやすく解いていたものを」

と溜息《ためいき》をついた。

「人それぞれですよ、父上」

公明がそう言って微笑《ほほえ》むと、

「そうだな」

と、祐助がまた、いささか寂《さび》しそうに首肯《しゅこう》した。

しばらくの沈黙《ちんもく》の後、公明が唐突《とうとつ》に、

「大丈夫《だいじょうぶ》ですよ。『病上手《やまいじょうず》の死に下手《べた》』という言葉があります。私は、そう簡単に死にませんよ」

と言って、微笑《わら》った。思いもよらない公明の言葉に、

「え」

祐助は驚いて言葉に詰まった。

公明は続ける。

「父上はお気付きになっていらっしゃらないかもしれませんが、私が熱を出して寝込んだときに、決まって一に算術の問題を解かせようとなさいます。無意識にかもしれません。いや、たぶん無意識なのでしょう。が、父上は、私にもしものことがあったときに備えようとなさっているのだと思います」

祐助は、

「え、いや、そんなことは……」

(ない)

と、否定しようとした。だが、

(できない)

今、公明に言われ、自分の行動に初めて気付いた。そしてその理由も公明に言われたとおりなのか。

(そうだ。そのとおりだ)

「許せ」

祐助は、公明に頭を下げた。

「そんな、父上、とんでもないことにございます。私の方こそ、親にそのようなことを考えさせるとは、何たる不孝者。病弱のわが身が情けのうございます。お許しください」

と詫《わ》びた。

「一には、役所仕事は向いていない。と、私は思います」

と言う公明に、

「そうだな」

と、祐助が短く答える。

「といって、何に向いているのか、まだわからない」

「そうだな」

「これからゆっくり時間をかけて、探していけば良いと思うんです」

「そうだな」

「私にもしものことがあった場合には、お勝《かつ》によい婿《むこ》を取ってください」

「そう……。おいっ」

祐助の慌《あわ》てたつっこみに、公明はいたずらっぽく笑う。祐助はそんな長男を、頼もし気に見つめるのだった。

（四）

三日後、朝からいい天気だ。今年はずいぶんと涼《すず》しくなるのが遅《おそ》かったが、仲《ちゅう》秋《しゅう》を過ぎてやっと過ごしやすくなった。それでも日中はまだ少し汗《あせ》ばむ日もあるが、今朝《けさ》は爽快《そうかい》。空の高さが今は秋だと告げている。

公明《きみあき》はこの日非番だった。何をするでもなく、家でゆっくり時を過ごしていたが、四つ半（午前十一時）を過ぎた頃《ころ》、

「一《はじめ》、ちょっと出かけないか」

と、弟を連れて外へ出た。

「兄上、どこへ行くんですか」

大好きな兄に誘《さそ》ってもらった一は、うきうきと上機嫌《じょうきげん》だ。

「何もせず家にいるのも退屈《たいくつ》だし、ちょっと歩くが、神田神保町《かんだじんぼうちょう》に前から一度行ってみたいと思っていた一膳《いちぜん》めし屋があるんだ。が、一人では入りづらい。どうだ、一、一緒《いっしょ》に行ってくれるか」

と、公明に問われ、

「え、一膳めし屋って、兄上がごちそうしてくれるんですか」

一の顔が、ぱっと輝く。

「そうだ。どうだ」

「もちろん、ご一緒させていただきます」

「よし」

「わーい」

一は、歓声《かんせい》を上げて走り出した。

「兄上、早く、早く」

「おい、待て、走るな。第一、俺《おれ》より先を走っても、お前、その店がどこにあるか知らないじゃないか」

呆《あき》れ顔の公明が、前を駆《か》ける一の背中に呼びかける。

一は、立ち止まって振《ふ》り返り、

「あ、そうか」

と、つぶやくと、えへへと照れた。追いついた公明は、

「しょうがない奴《やつ》だなぁ」

と、笑い、

「そら、こっちだ。ついて来い」

と、先を行く。その後を一が、歩速《ほそく》を加減しながらついて行くのだった。

「ここだ」

公明は、とある店の前で立ち止まった。

その店の入り口には、紺色《こんいろ》の地に白抜《しろぬ》きで「ひさご」と書いた暖簾《のれん》が掛《か》かっている。

サッ

公明は、片手で暖簾を分けて中へ入る。一も遅れじと後に続く。

「いらっしゃい」

威勢《いせい》のいい声が厨房《ちゅうぼう》から聞こえたかと思うと、店の主《あるじ》らしい男が出てきた。その男は、公明の顔を見ると、

「算術の旦那《だんな》じゃないですか。本当に来てくださったんですね」

と、心底うれしそうに言う。

「もっと早く来たかったんですけど、一人では何か入りづらい気がして……、今日も、このとおり、弟を連れてきたんです」

公明は照れくさそうに言うと、振り返り、

「一、この店の主、五郎太《ごろうた》さんだ」

と、挨拶《あいさつ》を促《うなが》し、一が、

「弟の一です」

と言って、ぺこりと頭を下げた。すると、五郎太が慌《あわ》てた様子で、

「これはこれは、ご丁寧《ていねい》なご挨拶、痛み入ります。申し遅れまして、申し訳ございません。私は、この店の主で五郎太と申します。お兄上には、えろうお世話になっとる者でございます」

と深々とお辞儀《じぎ》をした。まだ少し語尾《ごび》に上方《かみがた》なまりが残っている。そして五郎太は、

「どうぞ、お席へ」

と、二人を一番奥《おく》の席に案内して、

「今日の主菜《しゅさい》は、戻《もど》りガツオの竜田揚《たつたあ》げか刺身《さしみ》。それか、サンマの塩焼きといったところですが、どうされますか」

と訊《き》いた。訊かれた公明は、

「そうだなあ、どうしようかな」

としばし思案《しあん》し、

「お前、どうする」

と、一に振った。一は、

「うーん」

と考えて、

「竜田揚げが食べたいです」

と応《こた》えた。

「そうか、じゃあ俺《おれ》も竜田揚げにするか」

と、公明が独り言のように言い、

「竜田揚げを二人前ください」

と、五郎太に注文した。

「承知しました。とびっきりうまい竜田揚げを作りますから、待っててくださいね」

五郎太は愛想良くそう言うと、厨房へ入っていった。

「兄上、何か、すごく感じの良い人ですね」

「そうだな」

「昔からの知り合いですか」

「いや、知り合って三月《みつき》ほどかな」

「どういう知り合いなんですか」

「うん、ちょっとな」

公明は、言葉を濁《にご》した。まさか、五郎太が元は上方《かみがた》の泥棒《どろぼう》で、分け前の計算ができずに困っていたところを助けてやり、その後、公明が企《くわだ》てた狂言誘拐《きょうげんゆうかい》を手伝ってもらったなどとは、言えたものではない。

「ちょっとって」

一が重ねて訊《き》いてきたところに、

「お待ちどうさまでした」

と、五郎太が二人分の膳を運んできた。

（助かった）

「うまそうだな。いただこう」

公明はそう言うと、さっそく食べ始めた。

主菜のカツオの竜田揚げのほかに、里芋《さといも》の煮《に》っころがし、秋ナスの煮びたしという副菜二品《ふくさいふたしな》、それに豆腐《とうふ》の味噌汁《みそしる》にご飯と香《こう》の物。この献立《こんだて》に、

「うわぁー、ごちそう。いただきまーす」

と、一も、公明への追及《ついきゅう》を忘れたように飛びついた。

公明と一の二人が五郎太の料理に舌鼓《したつづみ》を打っていると、五人の男が入ってきた。

接客に出た五郎太との会話の様子で、常連の客であることがわかる。

（馴染《なじ》みの客がついているんだ）

公明はほっとした。

実は、この店に入ってきた時から、自分たち以外の客がいないことを、公明は心配していた。

（知らぬ土地での客商売、うまくいっているのだろうか）

他人が聞いたら「自分の頭の上のハエも追えないものが」と笑うかもしれないが、五郎太が分け前を元手に一膳めし屋を始めたと知った時から、公明はずっと気になっていたのだった。

（よかった）

公明は、ほっと胸を撫《な》でおろした。

　五人の客の注文を聞いて、五郎太が厨房へ戻っていった後、五人は何やら小声で話している。漏《も》れ聞こえてくる話を聞くとはなしに聞いていた公明の耳に、

「南郷力丸《なんごうりきまる》も勢揃《せいぞろ》いの場だけなのか」

とか、

「女形《おやま》じゃないけど、赤星十三郎《あかぼしじゅうざぶろう》ができるだろうか」

　とかという声が入ってくる。

（『白浪五人男《しらなみごにんおとこ》』の話か）

　公明は少し興味を持った。五人の様子をよく見ると、職人には見えないし、担《かつ》ぎの商人でもなさそうだ。といってお店者がこのような店の常連となることはない。

（役者なのか）

　と思って見ると、なんとなく身のこなしが優雅《ゆうが》に見える。もちろん名代《なだい》ではない。まだ若いし、大部屋なのだろう。

（へえ、役者さんの常連客がいるのか。でも、五郎太さんの店で『白浪五人男』の話なんて、ちょっと似合いすぎだな）

　公明がそんなことを考えていると、五人の料理ができたようだ。五郎太が最初の二つを運んでいくと、他の三人が立って自分の注文したものを取りに行く。

（かなりの馴染みなんだな）

公明は少しうらやましい気がした。

五郎太は、そのまま五人の話に加わり、

「そりゃあよかったじゃないですか」

とか言っている。そのうち話がちょっと込《こ》み入《い》ってきたようで、さらに声が小さくなって、公明には聞きとれなくなった。


「あー、おいしかった。兄上、ごちそうさまでした」

一が、さも満足したように言って、満面の笑顔で腹をさすっている。

先に食べ終わりお茶をすすっていた公明が見ると、一の膳の上の皿がすべて空になっている。

「お、一、よく食べたな」

「はい。だって、どのおかずも、すごくおいしかったんだもの」

「そうか、それはよかった。じゃあ、そろそろ帰るか」

二人が立ち上がろうとした時、五郎太がやって来た。

「五郎太さん」

ごちそうさま。うまかったよ。

公明がそう言う前に五郎太が、

「算術の旦那、ちっとお知恵《ちえ》を拝借《はいしゃく》願えませんか」

と、遠慮《えんりょ》がちに言ってきた。

（え、なんだろう）

と、思いながら、公明は、

「私でよければ」

と、浮《う》かせた腰《こし》を元に戻《もど》した。すると五郎太が、

「みなさん、こちらの旦那に、お知恵を拝借しましょうや」

五人に呼びかけ、五人が来ると、

「この人たちは市村座《いちむらざ》の役者さんで、こちらから羽太郎《うたろう》さん、羽次郎《うじろう》さん、羽三郎《うざぶろう》さん、羽四郎《うしろう》さん、羽五郎《うごろう》さんの五人です」

と、公明に五人を紹介し、

「こちらが、さっきお話しした算術の旦那です。お若いが頼りになる方だから、きっといいお知恵を貸していただけると思いますよ」

と五人に向かって、まるで身内の自慢《じまん》をしているように得意げに話す。

（四）

言われた五人は、自分と同じくらいか、二つ三つ年下に見える公明を、

（本当に頼《たよ》りになるのか）

と、疑いの目で見ていたが、それでもよほど困っているらしく、五郎太に促《うなが》されるまま、抱《かか》えている問題を話し始めた。

五人を代表して、羽太郎が語った問題とは次のようなものだ。

市村座では来月、歌舞伎《かぶき》「青砥稿花紅彩画《あおとぞうしはなのにしきえ》」、通称「白浪五人男」をやることに決まった。大部屋の若い五人が、

（捕《と》り方の役がまわってくるかな）

と思っていると、座頭《ざがしら》から呼ばれた。

（何だろう）

と、訝《いぶか》りながら座頭の部屋に行った五人は、思わぬことを言い渡される。

「一月《ひとつき》の興行のうち十日間、お前たち五人で勢揃いの場の赤星十三郎、忠信利平《ただのぶりへい》、南郷力丸の三役をやってみろ」

これは大部屋の五人にとって夢のような話だった。

「ただし」

と、座頭は条件を付けた。

「これは修行《しゅぎょう》のためだ。だから、五人が三役を平等に演ずること。日数も、役柄《やくがら》も偏《かたよ》ってはいけない」

降って湧《わ》いたうれしい話に、五人は喜び勇んで、だれがどの日にどの役を演ずるか、ここ五郎太の店で昼飯を食べながら話し合っていたのだが、だんだん話がこんがらがり訳《わけ》がわからなくなったらしい。

羽太郎の説明が終わると、

「でね、ちょうど間《ま》がいいことに、算術の旦那がいらしてる。そこであっしが、相談に乗っていただくように勧《すすめ》めたってわけでさ」

と、五郎太が慣れぬ江戸言葉で言って、

「どうですか」

と、公明の顔を覗《のぞ》き込む。

「わかりますよ」

事も無げに言う公明に、

「え、もう」

(四)

と驚く五人。その様子に五郎太は、

（どうだ）

とばかりに得意顔だ。

（別に、算術を使わなくても解決できるんだけど、ちょうど一もいることだし、馬乗り算を使ってみるか）

と思った公明が、

「いいですか。十日間で三役を五人で演じるんですよね」

と、説明を始める。

「すると、五人が三つの役のどれかにつける日数

馬乗り算②

10日間、5人で3役を平等に演じる

忠信　赤星　南郷　休み

誰がどの日に何の役を演じればいい？

5人が10日間で3役のどれかを演じる日数の合計は

10日 × 3役 = **延べ30日**

1人が役を演じる日数は

30日 ÷ 5人 = 6日　**1人6日ずつ**

1人が1つの役を演じる日数は

6日 ÷ 3役 = 2日　**1役2日ずつ**

	1日目	2日目	3日目	4日目	5日目	6日目	7日目	8日目	9日目	10日目
羽太郎	忠	忠	休	休	休	休	南	南	赤	赤
羽次郎	赤	赤	忠	忠	休	休	休	休	南	南
羽三郎	南	南	赤	赤	忠	忠	休	休	休	休
羽四郎	休	休	南	南	赤	赤	忠	忠	休	休
羽五郎	休	休	休	休	南	南	赤	赤	忠	忠

は、延べ三十日となります。一人が役につける日数は三十を五で割って六日。だから、一役二日ずつつけることになります」

公明は、ここまで一気に言って、みんなの様子を見る。

「はあ」

「……」

まるで反応がない。

（ダメか）

公明はみんなに悟られぬように小さく溜息《ためいき》をついて、

「五郎太さん。筆と、チラシの裏でも何か書くものをください」

と請《こ》うた。

「はい、ただ今」

と、五郎太が持ってきたチラシの裏の右端に、公明が、

〈忠信　休　赤星　休　南郷〉

と書いた。そして、

「例えば、まず初めに、羽太郎さんが忠信利平、羽次郎さんが休み、羽三郎さんが赤星十三郎、羽四郎さんが休み、羽五郎さんが南郷力丸を演じる」

と言いながら、役名や休の字の横に、
〈一、二、三、四、五〉
と、書いていく。続けて、
「次は、羽五郎さんが忠信で、羽太郎さんが休み、羽次郎さんが赤星……」
と、また左に数字を書く。
それを五回繰り返し、できた図が、これだ。

忠信	休	赤星	休	南郷
一	二	三	四	五
五	一	二	三	四
四	五	一	二	三
三	四	五	一	二
二	三	四	五	一

「どうですか、二日ずつでもいいし、一日ずつで二回まわしてもいいし」
という公明の言葉の後、

5日目	4日目	3日目	2日目	1日目	
二	三	四	五	一	忠信
三	四	五	一	二	休
四	五	一	二	三	赤星
五	一	二	三	四	休
一	二	三	四	五	南郷

一：羽太郎　二：羽次郎　三：羽三郎　四：羽四郎　五：羽五郎

2日ずつの場合

2日		2日		2日		2日		2日		
二	二	三	三	四	四	五	五	一	一	忠信
三	三	四	四	五	五	一	一	二	二	休
四	四	五	五	一	一	二	二	三	三	赤星
五	五	一	一	二	二	三	三	四	四	休
一	一	二	二	三	三	四	四	五	五	南郷

1日ずつ2回まわした場合

2回目					1回目					
二	三	四	五	一	二	三	四	五	一	忠信
三	四	五	一	二	三	四	五	一	二	休
四	五	一	二	三	四	五	一	二	三	赤星
五	一	二	三	四	五	一	二	三	四	休
一	二	三	四	五	一	二	三	四	五	南郷

「……」

しばし沈黙《ちんもく》が続く。

(これでもダメか)

と、公明が溜息《ためいき》をつきかけた時、

「すごい」

とつぶやく声がした。

「俺たち五人が頭を突《つ》き合わせて考えても、何が何だかわからなくなっていたものを」

「いとも簡単に解いてしまうなんて」

と、役者五人が感心しきりだ。

そんな中で、五郎太が、

(だから言っただろう。すごいんだよ。このお方は)

というように自慢げに微笑んでいる。

公明は悪い気はしないものの、

(この程度のことで)

と、おもはゆく居心地《いごこち》が悪い。一を連れて早々に帰ろうと振り返ると、一もまた皆《みな》と同じように、我《わ》が兄を誇《ほこ》らしげに眺《なが》めている。

（お前もか）

と、公明は苦笑した。

（誇りに思ってくれるのはうれしいが、この程度のことはわかるようになった方が、生きやすいと思うぞ）

「これいただいて帰ってもいいですか。帰って大きな紙に清書して、楽屋《がくや》に貼《は》ります」

と言って、役者五人が公明の描《か》いた図を持って帰っていった後も、

「さすが算術の旦那だ」

五郎太は、まだ言っている。公明は、話題を変えるためにも、以前から気になっていたことを言ってみた。

「五郎太さん、お願いがあります」

「あっしに」

「はい」

「何ですやろ」

「その、算術の旦那って呼び方、やめてもらえませんか」

「え、そしたら何てお呼びしたら」

「名前で」

「山口《やまぐち》様と」

「それも他人行儀《ぎょうぎ》だな。私は五郎太さんと呼んでいるんだから、五郎太さんも公明さんと呼んでください」

「そんな、あっしみたいなもんがもったいない」

「何を言っているんですか、五郎太さんと私の仲で」

そう言うと、公明は五郎太を引き寄せ、そばにいる一に聞こえないように小声で。

「一緒に、誘拐《かどわかし》を企てた仲でしょ」

と言って、ニッと笑う。

すると五郎太の顔が、感極《かんきわ》まってくしゃくしゃになった。

（五）

お礼にお代はいらないという五郎《ごろう》太《た》に、それではこれから通って来られないと、無理やり二人分の食事代を払《はら》って、公明《きみあき》と一《はじめ》は店を出た。

八つ（午後二時）を少し過ぎていた。朝に変わらず、爽《さわ》やかで気持ちのいい天気だ。


（兄上はすごい）

一は感動していた。

（五人の役者の抱《かか》えていた問題を、いとも簡単に解決して、別に奢《おご》った様子もない。それに、見たか。帰り際、兄上に名前で呼んでくれと言われた時の五郎太さんのあの感激のしよう。兄上は詳《くわ》しくは教えてくれないが、よほど兄上に心酔《しんすい》しているに違《ちが》いない。いくら武士だといっても、たかが勘定所《かんじょうじょ》の支配勘定。それもまだ見習いだ。それに五郎太さんの方が、五つ六つ年上じゃないか。親しければ、普通《ふつう》に名前で呼ぶだろう。それなのに、あの時の五郎太さんは、泣かんばかりに感激していた）

一は、公明を憧《あこが》れの目で見ていた。

一の熱い視線を感じて、公明は、

「うん？」

（何だ？）

というように見返した。

「兄上。すごいですね」

「何がだ」

「五人の役者さんたちの悩《なや》みを簡単に解決してあげて、それに五郎太さんに、あんなに尊敬されてる」

一の称賛《しょうさん》に、

「大げさな奴《やつ》だ」

と、公明は笑った。少しの照れはあるものの、公明の本心だ、あんなものは初歩の初歩、基本中の基本だ。あんなもので褒《ほ》められても全《まった》く喜べない。それよりも、

（こいつ、大丈夫《だいじょうぶ》か）

と、一のことが心配になる。

実は、三日前の馬乗り算、公明は一に、何とか理解させていたのだ。

同じくらい元気な五人を例に、時間をかけて根気よく、何度も説明した。

初めは、

「そんな元気な者は、馬に乗らなくても」

とか何とか言っていた一も、公明のしつこいくらいの説明に、ようやく考え始めた。考え始めれば、簡単な問題だ。一も何とか理解した。その後、同じような問題を数題解いて、もう、簡単な馬乗り算なら、一人で解けるまでになっていたのだ。

だから今日、公明は、「白浪五人男《しらなみごにんおとこ》」の問題を最初、馬乗り算を使って説明した。

（ひょっとして、こいつ、あれが馬乗り算だってことに気付いていないのか）

無邪気《むじゃき》に自分を褒める一を見ていて、不安になった公明が、

「最初、一人が六日ずつ役につけるって答えを出したの、あれ、お前、わかったよな」

と訊《き》いてみた。問われた一は、

「え」

（突然《とつぜん》何を言い出すのだ、この人は）

というような顔で、公明を見ている。

「あれ、馬乗り算だぞ」

「はあ？　あれが馬乗り算ですって？」

「そうだ」

「だって、馬も旅人もどこにも出てこないし、道のりも出てこないじゃないです

か」

「馬は、赤星《あかぼし》、忠信《ただのぶ》、南郷《なんごう》の三役。旅人は、五人の役者。そして道のりは、日数で十日間だ。つまり、五人の旅人が十里の道のりを馬三頭に同じ距離《きょり》ずつ乗る問題と同じだ」

　公明の説明に、一は、

「はあ?」

と、固まっている。どうやら今、公明の言ったことは、一の理解をはるかに超《こ》えるものだったようだ。

(こりゃあ、だめだ)

と悟《さと》った公明が、

「俺《おれ》が悪かった。ややこしことを言ったな。忘れてくれ」

と言った。その時だった。

「10里の道を、5人が馬3頭で行く」と考える

同じ距離《きょり》ずつ馬に乗るには、どのように乗ればいい？

5人が10里行くうち、3頭の馬に乗れる距離の合計は

10里 × 3頭 = **延べ30里**

1人あたり馬に乗れる距離は

30里 ÷ 5人 = 6里　**1人6里ずつ**

1人が特定の馬に乗れる距離は

6里 ÷ 3頭 = 2里　**1人2里ずつ**

1人あたり歩く距離は

10里 − 6里 = 4里　**1人4里ずつ**

5日目	4日目	3日目	2日目	1日目	
二	三	四	五	一	馬1（2里）
三	四	五	一	二	歩く（2里）
四	五	一	二	三	馬2（2里）
五	一	二	三	四	歩く（2里）
一	二	三	四	五	馬3（2里）

（六）

「暴れ馬だぁ」

男の叫《さけ》び声と、大勢の人の悲鳴が聞こえた。

（何事か）

と、公明《きみあき》が振《ふ》り返ると、一頭の馬が、土ぼこりを上げて駆《か》けてくるではないか。

「一《はじめ》、寄れ」

公明は一とともに道の脇《わき》に寄った。その公明の目に、道の真ん中にしゃがみこんで地面に絵を描《か》いて遊んでいる幼い女の子が見えた。暴れ馬はすぐそばまで来ている。

（危ない！）

公明は、心の中で叫んだ。

「おいねーっ」

女の子の母親だろうか、女の悲鳴のような叫び声が聞こえる。

馬が迫る。

（ああ、馬が来る）

公明は無謀《むぼう》にも飛び出そうとした。

（その場から連れ出すことはできないが、覆《おお》いかぶされば生命《いのち》は助けられる）

だが公明が飛び出すよりも一瞬《いっしゅん》早く、傍《かたわ》らから何かが飛び出した。人だ。そして目にもとまらぬ速さで、女の子を抱《かか》えると道を渡《わた》って向こう側《がわ》の脇に伏《ふ》せた。

その直後、暴れ馬が、ものすごい勢いで通り過ぎていく。まさに間一髪《かんいっぱつ》だった。

「――……なのか」

公明がつぶやいた。

そうなのだ。女の子を暴れ馬から救ったのは、今の今まで公明が心配していた、算術が不得手な弟の一だった。

「一！」

公明が道の向こうに走るのと、

「おいね！」

母親が女の子に走り寄るのが、ほとんど同時だった。

「おっかさん」

「おいね」

抱《だ》き合う母子を見ながら、公明は、まず、

「けがはないか」

と訊《き》いた。

「はい」

返事をする一の様子を見るに、どこも何ともなさそうだ。安堵《あんど》した公明は、

「すごいな、お前」

尊敬と称賛《しょうさん》、そしてごくわずかながら羨望《せんぼう》の混じった眼差《まなざ》しで、我が弟を見た。

助けた母子に、何度も何度もお礼を言われた一は、何だかくすぐったそうだ。自分では、特別なことをやったつもりはないのだろう。

「身体《からだ》が勝手に動いたんです」

と、言っている。むしろ、ついでに礼を言われたり、

「弟さんかい、すごいねえ」

と言われたりしている公明の方が、誇《ほこ》らしげだ。

お礼と称賛が一段落して、周りが静かになって、公明と一が、

「帰るか」

「はい」

と家路《いえじ》につこうとした時、

「公明」

と、呼ばれた。声の方を見ると、公明が通っている剣術《けんじゅつ》道場の住み込み師範《しはん》、相田卯三郎《あいだうさぶろう》が笑顔で立っていた。

「師範」

公明は、相田が好きだ。稽古《けいこ》は激しく厳しいが、普段《ふだん》は温厚、めったに声を荒《あら》げない。それに、お世辞《せじ》にも剣術の筋がいいとは言えない公明を辛抱《しんぼう》強く指導してくれる。

「まさかとは思うが、弟さんか」

相田が少しおどけて訊く。公明が、

「はい、弟の一です。一、道場でお世話になっている相田師範だ」

と、紹介し、一が、

「弟の一です。いつも兄がお世話になっております」

と一人前に挨拶《あいさつ》すると、

「一君っていうのか。さっきはすごかったな。感心したよ」

と相田が返した。どうやらさっきの一の活躍《かつやく》をどこかで見ていたらしい。そし

て、公明にだけ聞こえるように小声で、

「実の兄弟じゃないよな、義理の仲か、腹違《ちが》いか、種違いか」

と言ってニッと笑う。明らかにからかっている。公明もそれがわかっているので、わざと不機嫌《ふきげん》そうに、

「いいえ、正真正銘《しょうしんしょうめい》、実の兄弟です」

と応《こた》え、

「どうせ、私には弟みたいな機敏《きびん》な動きはできませんよ」

とすねて見せる。それを見て相田は、愉快《ゆかい》そうに笑っていたが、やがて真顔になり、一の方を向き、

「剣は学んでいるか」

訊いた。一が、

「いいえ、まだ」

と、応える。それに公明が、

「今年の初めに、父が一を連れて入門をお願いしに伺《うかが》ったのですが、まだ身体が小さいから、あと一年待てとおっしゃって……」

と付け加えた。

「先生がそうおっしゃったのか」

「はい、そのように父から訊いております」

「そうか」

（先生は、すでにこの子の力を見極められ、じっくりと育てるおつもりなのだな）

と相田は納得したようだ。

「いくつだ」

と、一に訊く。

「十三です」

「背丈《せたけ》は、うーん、四尺八寸くらいか」

と、目で測り、

「どーれ」

と、後ろに回り、肩《かた》のあたりを触《さわ》った。

「よし、年が改まるころには、背丈《せたけ》も伸《の》び、肉もつくだろう、楽しみにしてるぞ」

相田はそう言って、立ち去ろうとしたが、思い出したように、公明に近づいた。

「さっきお前も、飛び出そうとしただろう」

「え」

「あの子の上に、覆いかぶさるつもりだった。違うか」

「ええ、まあ」

「無茶するなよ、それであの子は助かったかもしれんが、お前が大けがをしていた。死んでいたかもわからんのだぞ。本当、弟がいて、よかった」

と相田は溜息《ためいき》をつく。

「情けない兄貴ですね」

公明が自嘲《じちょう》すると、相田が、

「そんなことはない、人それぞれ、得手《えて》不得手がある。お前は算術に抜《ぬ》きんでた才がある。それを武器に生きればよいさ」

と公明に微笑《ほほえ》みかけ、

「一の武器は、これから永原《ながはら》道場で育てる。それを武器にどう生きるか、楽しみだ」

と一の姿に目を細めた。

相田と別れての帰り道、公明は前を行く一の背中を見つめていた。

その背中は、いつもより頼《たの》もしく見えた。

（父上は今日の一の振《ふ》る舞《ま》いを知ったら、私が寝込んでも、もう一に算術の問題を解かせようとなさらないのではないか）

八つ半（午後三時）過ぎ。空は青く高く、風は涼《すず》やかに心地《ここち》よかった。

㈥

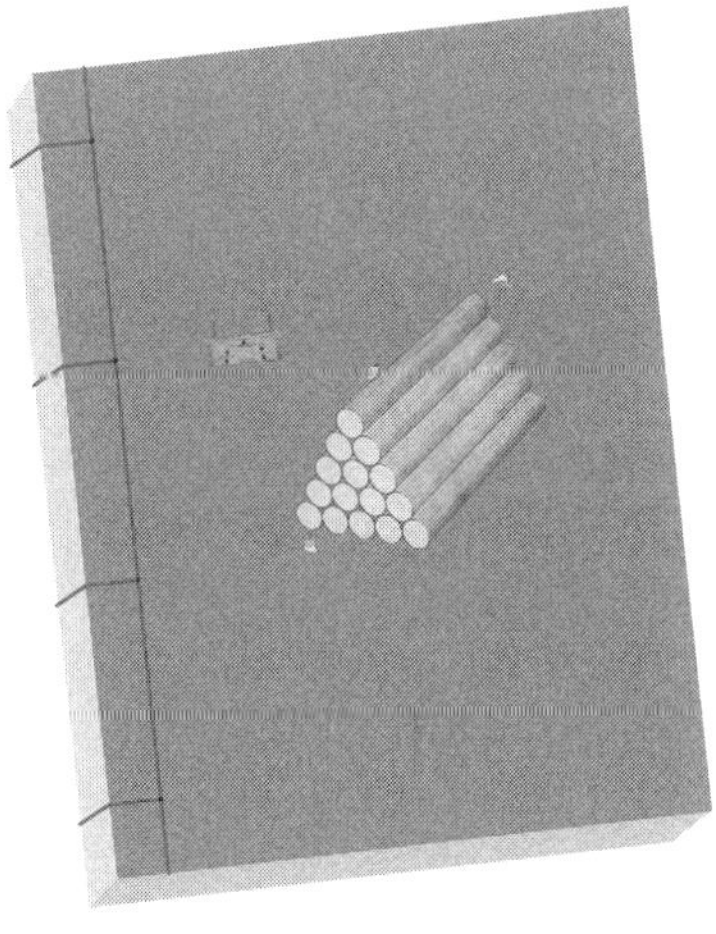

あとがき

今年の一月、兄を亡くしました。六つの年の差と男女の違《ちが》いはあるものの、老化が早いといわれる脳性麻痺《のうせいまひ》の私の方が先だろうと思っていたのですが、これはっかりは予定どおりにはならないものです。大学の同窓会《どうそうかい》では元気な先輩方《せんぱいがた》のお姿を拝見しているので、まだまだ若造《わかぞう》だと美しい誤解《ごかい》、楽しい勘《かん》違いをしてしまっていますが、今回のことで、いつ何があってもおかしくない年齢になっているのだと、つくづく思い知りました。

兄には孫が五人いますが、今回ほとんど初めまして状態でした。一番上の子が小学校四年生。一年生が二人、そして幼稚園《ようちえん》の年少さんが二人です。母が亡くなって十年、実家へはあまり帰っていないと自覚はしていましたが、上の子が三年生（当時）になっていたとは。今のままでは、私のことは、五人の記憶には残らないと思います。さみしいとは思いますが、自分も祖父母の兄弟姉妹のことなんて全く知りませんから。

でも、何か印象に残ってほしいなんて虫のいいことを考えました。そして思い付いたのがこの本です。

物語そのものは、必ずしも子供向けというものではありませんが、なかで扱《あつか》われる和算は小学校高学年レベルなので、今でも上の子にならなんとか読んでもらえるのではないか。下の子たちにも近い将来読んでほしい。そんな気持ちで出版することにしました。

だから最初は、冊数も少なく販売もしないつもりでした。が、過去、新選組《しんせんぐみ》もの（後述）や『石田三成《いしだみつなり》の青春』（サンライズ出版、二〇一六）でお世話になった担当者さんと話しているうちに、どうせ出版するならと、書店に並ぶ本にしようと決めました。

算数・数学好きの子供たちに江戸《えど》の風情《ふぜい》を感じて歴史にも興味を持ってもらい、また、その逆、時代小説好きの方たちに和算のおもしろさを知ってもらえればうれしいです。

この本の主人公の山口公明《やまぐちきみあき》は、『新選組　試衛館《しえいかん》の青春』上下巻（サンライズ出版、二〇一二）と『独白新選組　隊士たちのつぶやき』（サンライズ出版、二〇一四）に登場する山口《やまぐち》（斎藤《さいとう》）一《はじめ》の兄ですし、第二章で登場するもう一人の主人公の塚本忠吉《つかもとただよし》は、連作『早耳屋《はやみみや》お花事件帳《はなじけんちょう》』（ハヤカワ時代ミステリ文庫、二〇二一、二〇二二）のお花《はな》の幼馴染《おさななじみ》です。あ、これでは「登場人物の使い回し」と言われそうですね。

だから、それらを読んでいている方々にも楽しくお読みいただけると思います。

第一章は、滋賀県文学祭で初めて特選をいただいた作品です。次の年も第二章で特選をいただきました。文学祭に続編なんてと笑われたのを思い出します。もう十年以上昔になります。第三章は、今回の出版にあたり書き下ろしました。第三章を読んでの担当者さんの感想は、「続きが読みたくなりますね」。

本書の舞台《ぶたい》は安政《あんせい》四年。この続きは二年後が舞台の『早耳屋花事件帳』、四年後からが舞台の『新選組　試衛館の青春』でお楽しみいただければと思います。

いつか体力と気力がまだ残っていれば、間を埋《う》めるお話が書けたらいいなあと思っています。

今回の出版にあたっても、いつものようにサンライズ出版の担当者である矢島《やじま》潤《じゅん》さんには大変お世話になりました。特に和算の図解を描《か》くことでは、スタッフの皆《みな》さんを巻き込《こ》んで、大変なご苦労をおかけしました。加えて、その他たくさんの皆さんの応援《おうえん》により、この物語の出版が実現しました。
ここに深く感謝申しあげます。

令和六年　霜月《しもつき》　琵琶湖《びわこ》を望む自宅にて

松《まつ》　本《もと》　匡《まさ》　代《よ》

※ここでは、代表的（多分に私の好み?）な解き方を上げました。和算の解き方は、一つではありません。いろいろな解き方を考え、話し合うのも和算のおもしろさです。どうか読者の皆さんで違う解き方を考えてみてください。

カバーイラスト　内山弘隆
カバーデザイン　神崎夢現

初出等一覧

第一章　支配勘定見習い山口公明の一日

原題：和算入門　支配勘定見習い・山田正明の一日
2012年８月応募「第62回滋賀県文学祭」特選
2013年２月「グループいかなご」第13号掲載

第二章　誘拐《かどわかし》　奇妙な友情

原題：続・和算入門　誘拐《かどわかし》
2013年８月応募「第63回滋賀県文学祭」特選
（滋賀県議会議長賞）
2014年２月「滋賀文学2013」掲載
2016年10月「グループいかなご」第18号掲載

第三章　山口兄弟　それぞれの文武

2024年８月　書き下ろし

■著者

松本匡代（まつもと・まさよ）

1957年5月30日、三重県伊勢市生まれ。奈良女子大学大学院理学研究科物理学専攻修士課程修了後、日本IBM入社、2002年退社。著書に『夕焼け　土方歳三はゆく』（新人物往来社）、『新選組　試衛館の青春』『独白新選組　隊士たちのつぶやき』『石田三成の青春』（いずれもサンライズ出版）、『早耳屋お花事件帳　見習い泥棒犬』『早耳屋お花事件帳　父ひとり娘ひとり』（ともにハヤカワ時代ミステリ文庫）がある。現在、滋賀県大津市在住。

和算入門　江戸の算数ものがたり

2025年1月29日　初版第1刷発行

著　者　松本匡代

発行者　岩根順子

発行所　サンライズ出版

〒522-0004 滋賀県彦根市鳥居本町655-1
tel 0749-22-0627　fax 0749-23-7720

印刷・製本　シナノパブリッシングプレス

ISBN978-4-88325-5-836-9
定価はカバーに表示しています

松本匡代の本

サンライズ出版

新選組 試衛館の青春
(上・下)

のちの新選組隊士・斎藤一(山口一)は、土方歳三に助けられたのをきっかけに、沖田総司に誘われて「試衛館」に顔を出す。弟思いの公明とのエピソードは必読!

独白新選組 隊士たちのつぶやき

土方歳三、斎藤一、沖田総司、藤堂平助、山南敬助が心の内を仲間に語りかけ、X(旧ツイッター)で人気爆発!

『新選組　試衛館の青春』の世界がさらに広がる感動作。

石田三成の青春

戦国の知将・石田三成の親友・家族・恋人・妻子との関係、そして関ヶ原への誓い。悩み、傷つき、笑い、親友・大谷吉継と未来を開こうとする三成の青春を描く。

ハヤカワ時代ミステリ文庫

早耳屋お花事件帳
見習い泥棒犬/父ひとり娘ひとり

幕末江戸の難事件を瓦版屋の娘お花が解いてゆく連作。幼馴染の塚本忠吉や、その友人・山口公明、一膳めし屋の五郎太らも活躍。若き日の斎藤一(山口一)はついに道場へ!